I0521438

LA PATA DE LA RAPOSA

Ramón Pérez de Ayala

versión teatral de la novela por
Manuel Martín Galeano

fronda
ediciones teatrales

© Fronda ediciones teatrales
e-mail: palominomanuel@uniovi.es

Texto: Ramón Pérez de Ayala
          Manuel Martín Galeano
Todos los derechos de representación escénica
© herederos de Manuel Martín Galeano, 2019

ISBN: 978-0-244-54908-4

Dramaturgia Asturiana. Textos rescatados; 3
Colección coordinada
y edición crítica por:
Manuel Palomino Arjona

Ramón PÉREZ de AYALA y FERNÁNDEZ del PORTAL (Oviedo, 1880 - Madrid, 1962). Huérfano de madre en su primera infancia estuvo interno en colegios de la Compañía de Jesús, donde fue alumno de Julio Cejador y Frauca. Estudió Derecho en Oviedo, donde entró en contacto con el krausismo, atrayéndole tanto el regeneracionismo de sus mentores como el decadentismo europeo de preguerra, antes de aborrecer el conservadurismo burgués, y ponerse en contacto con el modernismo madrileño. A partir de 1902 publica su primera novela, funda la revista *Helios* y empieza a colaborar en la prensa. En 1907 se marcha a Londres como corresponsal, donde se entera del suicidio de su padre, al arruinarse. Después sirvió de negro a Azorín, viajó por Europa y Estados Unidos, siendo corresponsal de la I Guerra Mundial. En 1927 obtuvo el Premio Nacional de Literatura, y un año después es elegido miembro de la RAE. En 1931, con José Ortega y Gasset y Gregorio Marañón, firma un manifiesto antimonárquico, siendo nombrado director del Museo del Prado y embajador en Londres, culpando de la Guerra Civil a Manuel Azaña. Vivió en París, Biarritz, y en Buenos Aires, como agregado honorario de la embajada de España, regresando definitivamente en 1954, sumido en una aguda depresión, cuando ya sus libros estaban prohibidos, publicando artículos literarios en *ABC*. Escribió tres libros de poemas modernistas y filosóficos, dos volúmenes de crítica teatral, y varias novelas, correspondiendo a su primera etapa cuatro narraciones realistas con una visión pesimista de la vida que deja traslucir a través de una sutil ironía. Su segunda etapa se adentra en el simbolismo caricaturesco y el lenguaje se recarga con componentes ideológicos propios del ensayo, sobresaliendo su novela *Tigre Juan* (1926). Destacó en todos los géneros menos en el teatro, aunque lo intentó con *La dama negra* (1903), *Un alto en la vida errante* (1905), en coautoría con Antonio de Hoyos y Vinent, *Sentimental club: patraña burlesca* (1909) y *La revolución sentimental* (1957).

LA PATA DE LA RAPOSA

Ramón Pérez de Ayala

versión teatral de la novela por
Manuel Martín Galeano

ca. **1930**

fronda
ediciones teatrales

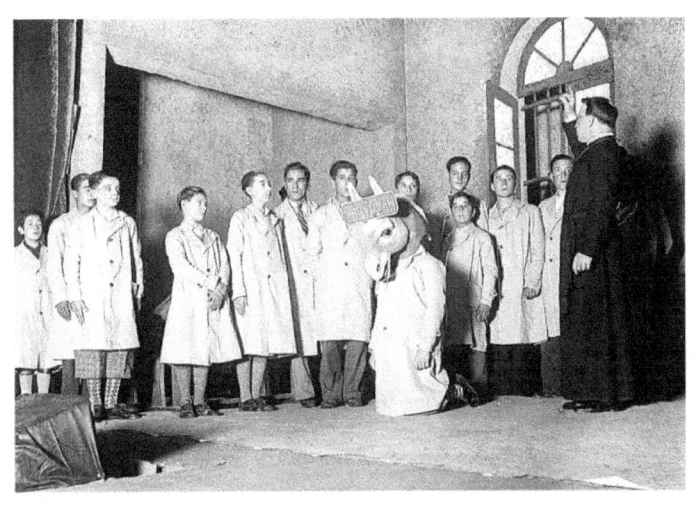

A.M.D.G. (1931)

DRAMATIS PERSONAE

Alberto Díaz de Guzmán, poeta y novio de Fina
D. Medardo, indiano que ha regresado
D.ª Lola, esposa de Medardo
Leonor, hija mayor de Medardo
Fina, hija menor de Medardo
Tita Anastasia, tía de Leonor y Fina
Telesforo Hurtado, esposo de Leonor
Alfonso del Marmol, moralista con cuatro hijos
Rafael, 12 años, hijo de Alfonso del Marmol
Felipe, 10 años, hijo de Alfonso del Marmol
Pepita, 8 años, hija de Alfonso del Marmol
Alfonso, 6 años, hijo de Alfonso del Marmol
Pía Octavia, viuda y vecina de Medardo
Neña, belleza campesina, hija de chigrera
Arcadio Ontañón, 70 años, médico católico
Criada de don Medardo
Zagal, repartidor de prensa

Decoración única

Tigre Juan (1928)

El portón de rojos barrotes, primer término izquierda. Fachada y acceso de la casona, lateral derecha. Al foro, una vieja tapia de escasa altura. El vértice del ángulo que forman tapia y casona, es un rincón con síntesis. Allí el palomar con sus caperuzas bermellón, y las colmenas de Fina, y los narcisos, margaritas, rosas y claveles; y ascendiendo por detrás de la tapia, los negros álamos que sombrean un sendero practicable de derecha a izquierda. Al fondo, en perspectiva, "la senda que desciende de la colina, y la pasadera de piedras sobre el arroyo, y un otero poblado de manzanos enfrutecidos, y el oro viejo de un henil" ... Dos escalerillas de piedra sobre la tapia, una en el centro, otra en el ángulo izquierdo, ponen en comunicación el plano de la escena con el sendero practicable.

ACTO PRIMERO

Don Medardo, sentado junto a una mesita de mimbre, primer término derecha. Telesforo Hurtado, en pie, maneja libros y papeles de sobre la mesa.

Hurtado: ¿Eh? ¿Qué tal? Dos millones quinientas mil pesetas, sobre el balance del mes pasado. Dinero pare dinero, D. Medardo.

D. Medardo: Pero... bueno... yo...

Hurtado: *(Atajándole)* Vea usted la cifra, véala usted *(Muéstrale el libro y cuando D. Medardo se acomoda el binóculo para inspeccionar la cifra, Hurtado pasa rápidamente varias hojas del libro comercial)* Dos millones quinientas mil pesetas. Hermosa cifra, ¿eh? Tal vez sea una tontería de las muchas que decimos los poetas. Acaso yo esté influido todavía por la vena poética. Sin ir más lejos, anoche mismo pulsé el plectro sonoroso.

D. Medardo: Sí, ¿eh?

Hurtado: No podía resistirme más a la tentación de plasmar en estrofas rítmicas, la intensa poesía del sublime momento con que todos los días, al anochecer, nos regala el espíritu, tañendo en su flauta dulces aires del terruño, ese zagal misterioso.

D. Medardo: Ah, sí; es un momento que... es un momento.

Hurtado: Pues ese momento, lo he recogido en un nocturno.

D. Medardo: Ah, vamos, sí; es un momento nocturno. Sí, sí... Después de la cena, mientras tomamos el café, lo leeremos. "La luna sueña en el jardín, parece un disco de plata".

D. Medardo: Sí, sí, bueno, pero...

Hurtado: Decía, que acaso la influencia poética me haga ver poesía en una cosa tan prosaica como los números, pero, qué sé yo, me parece una frase poética: dos millones quinientas mil pesetas... ¡Dos millones quinientas mil pesetas! Dinero pare dinero, don Medardo

D. Medardo: Bueno, sí, pero, a mi modo de ver, ese tráfico de valores, es cosa muy peligrosa. A mí

16

me mete doloroso terror en los huesos, hijo mío.

Hurtado: Bah, bah, bah... ¡Dos millones quinientas mil pesetas! Vea usted, vea usted, y se convencerá.

D. Medardo: Cuando tú lo dices. Pero siempre me he sonreído de esas fortunas fabulosas que surgen como por encanto. Ya ves, en amasar la mía, dos milloncejos, tardé en la Habana veinte años. Allá en ultramar, donde según el vulgar decir de la gente, se atan los perros con longanizas. Y tú en cuatro meses mal contados —no hace más que contrajiste nupcias con la mayor de mis vástagas_– en cuatro meses mal contados que campeas por tus respetos —quiero decir a tus anchas— como banquero establecido... en cuatro meses, dos millones quinientas mil pesetas; me metes doloroso terror en los huesos, hijo mío.

Hurtado: No veo la razón.

D. Medardo: Un capital se construye de la propia guisa que un rascacielos; colocando piedra sobre piedra. El agio, ¿eh?, el agio me causa pavor, *(Contundente)* El agio es a las fortunas, ¿verdad?, lo que el rayo a los edificios; en un punto las convierte en escombros, ¿eh?, en escombros.

Hurtado: ¿Es que teme usted por su dinero?

D. Medardo: Por Dios, Telesforo; no hablo por mí. No hablo de lo mío. Yo confío en ti.

Hurtado: Pues de lo ajeno, deje usted que entre dinero a porradas. ¡Dinero pare dinero! ¿Por qué cree usted que voy cargado de brillantes?

¿Cree usted que lo hago por gusto? No. El cebo, querido suegro, el cebo.

D. Medardo: ¿El cebo?

Hurtado: Poco a poco los clientes de otras casas se van pasando a la nuestra.

D. Medardo: A la tuya, que yo... *laus Deos* ... ¿eh?

Hurtado: A la mía, si usted lo prefiere. Ahí tiene usted a ese Meumiret, el *gocho marino*, como le llaman sus empleados, que está que echa café. El cebo, papá, el cebo.

D. Medardo: El cebo, el cebo... no me gusta oírte hablar así. El cebo... parece que se trata de engañar a la gente.

Hurtado: Otra antigualla; pues ¿qué son los negocios sino a ver quién engaña a quién? Usted mismo, en su almacén de La Habana, ¿qué hacía sino engañar a la gente?

D. Medardo: Según lo que tú llames engañar. Según... me dejas aturdido. Bueno, pero yo pienso: Esa misma confianza que te demuestra la gente ¿no añade responsabilidad y te obliga a pensar si acaso, vaya, si tal vez comprometas lo ajeno con *sorbitancias*?

Hurtado: Otra antigualla. Esa es la manera de entender los negocios en España, y así van las cosas. Antiguallas, don Medardo, antiguallas.

D. Medardo: Puede

Hurtado: El pez grande se traga al chico, y peces grandes o chicos no se pescan sino con el cebo en el anzuelo. Una casa de banca vive principalmente de tener en circulación el dinero que se pone bajo su confianza. No vale ser rico tanto como aparentarlo. Digo esto porque a lo mejor le vienen a usted con cuentos de que si gasto o no gasto. ¿Cree usted que puede inspirar confianza a sus clientes, o atraer otros nuevos, un banquero que viva como un pordiosero?

D. Medardo: A mi modo de ver, sí; más confianza que uno que gaste con exceso.

Hurtado: Otra antigualla.

D. Medardo: Tienes razón; estoy muy a la antigua. Verdaderamente, eres un lince. Pero… *(Llega un zagal con periódicos por el sendero practicable)*

Zagal: El diario.

D. Medardo: ¿Eh?

Hurtado: Vamos a ver, vamos a ver *(Toma el diario, mutis zagal)*

D. Medardo: *(Con gran nerviosismo, llega a la puerta de la casona y discretamente llama)* Lola, Leonor… el diario. *(Va al portón de rojos barrotes y lo mismo)* Anastasia… el diario… *(Hurtado devora el periódico. Van apareciendo las figuras llenas de ansiedad)*

Tita Anastasia: ¿El diario?

D. Medardo: Sí, ¿y Fina?

Tita Anastasia: En el huerto.

D. Medardo: Hay que tener cuidado no nos sorprenda en la lectura.

D.ª Lola: *(De la casona)* ¿El diario?

Leonor: *(íd)* ¿El diario?

D. Medardo: Vamos a ver qué tristes nuevas nos trae.

D.ª Lola: ¿Y Fina?

Leonor: ¿Y Fina, tita Anastasia?

Tita Anastasia: En el huerto.

D.ª Lola: Estate al cuidado no nos sorprenda en la lectura.

Leonor: Estate al cuidado, tita.

D.ª Lola: ¿Trae algo?

Leonor: ¿Lo encontraste?

Hurtado: Sí, sí, aquí...

D. Medardo: Vamos a ver... cuidado, Anastasia. *(Tita Anastasia escucha junto al portón de rojos barrotes. Los demás en rededor de la mesa. Hurtado frente al público, lee)*

Hurtado: *(Lee con voz de fiscal)* A pesar de la reserva impenetrable con que procede el dignísimo juez de Limio de Pravia, hemos podido averiguar que el joven y extravagante artista. Don Alberto Díaz de Guzmán, detenido como presunto autor del asesinato en cuestión, está convicto y confeso.

D.ª Lola: ¡Oh!

Leonor: ¡Ah!

D. Medardo: ¡Jesús!

Tita Anastasia: ¡Válgame Dios!

Hurtado: Recordarán nuestros lectores que el acusado, en el momento de ser detenido, actuaba como payaso en una compañía de saltimbanquis, a la sazón en Limio de Pravia, los cuales saltimbanquis fueron detenidos como encubridores.

Leonor: Vamos. Aunque me lo juren frailes descalzos, no lo creo, no lo creo...

Hurtado: Bien claro lo dice aquí. Convicto y confeso.

Leonor: Aunque lo diga aquí, no lo creo.

D. Medardo: Tu marido, Leonor, habla como un libro. Bien claro, lo dice aquí. Convicto y confeso.

Leonor: A pesar de eso, no lo creo, no lo creo, no lo creo.

D. Medardo: Oh, no; eso no. Lo dice *La Voz del Pueblo* y ya sabes el refrán; *vox populis, vox dei* ... Mil veces lo he oído en el casino. Continúa Telesforo.

Hurtado: Durante el interrogatorio, el acusado, haciendo alardes de insolencia, increpó al digno funcionario, el cual, obligado por las circunstancias, mandó esposar al detenido.

D.ª Lola: ¡Qué horror!

Leonor: Increíble, increíble.

D. Medardo: Él, Alberto, un joven que parecía tan higiénico. *(Tita Anastasia rompe a llorar)*

D.ª Lola: ¡Anastasia!

Leonor: Pero, ¡tita Anastasia!

D. Medardo: Anastasia, por Dios, domínate; no nos cortes la *indigestión* de la lectura.

Hurtado: El juez, entonces, interroga hábilmente a los saltimbanquis. A las preguntas, interrumpe el acusado: "Esos hombres son inocentes. Yo solo he cometido el asesinato."

D. Medardo: ¿Qué dices ahora, Leonor?; ¿qué dices ahora?

Hurtado: *(Sigue leyendo)* En posesión ya de datos suficientes, podemos reconstruir los hechos. Hace hoy tres meses, ciertos señoritos juerguistas, muy conocidos en la buena sociedad de Pilares —y también en la mala— capitaneados por don Alberto Díaz de

Guzmán, salieron de excursión al puerto, acompañados de unas palomas torcaces... *(Tose)* (Je, je, je) muy conocidas en la mala sociedad. Iban, por las trazas, a ver el interesante y aplaudido eclipse total de sol que tuvo lugar en nuestra privilegiada provincia, pero lo único que pudieron contemplar fue el eclipse de su propia razón, a causa de las excesivas libaciones. Cometieron todo género de excesos; turbaron la paz patriarcal de nuestros campos, escandalizaron a los aldeanos, y, sobre todo, a las aldeanas, y, según parece, las desdichadas que los acompañaban atentaron al pudor de unos reverendos Padres Escolapios que habían ido al Puerto con el mismo objeto.

D. Medardo: ¿Eh?

Hurtado: Queremos decir, con objeto de observar el eclipse.

D. Medardo: ¡Ah!...

Hurtado: *(Leyendo)* Según parece, después de entregarse a la bacanal más frenética, digna de los tiempos paganos, llegaron a Pilares ya anochecido. Pero, es el caso que una de las palomas torcaces, denominada la Rosina, ha desaparecido. Después de la declaración del acusado Sr. Díaz de Guzmán, se hacen pesquisas para encontrar el cadáver y también para averiguar el nombre de los acompañantes, tal vez cómplices. Ayer noche ha ingresado en la cárcel de Pilares el acusado convicto y confeso, como dejamos dicho. Esperamos que las autoridades gubernativas y judiciales no se dejen intervenir por influencias caciquiles. Impediremos que se eche tierra sobre el asunto. ¿Estamos en Zulúlandia? ¿Se puede vivir? *(Pausa)*

D. Medardo: Pero usted, Hurtado, cree que ese criminal... ¡vamos, quiero decir!... ¿cree usted qué es él? *(Cadavérico)*

Leonor: Por Dios, papá, papá... no te pongas así.

D. Medardo: *(Imperativo)* Calla, Leonor.

Hurtado: Le diré a usted... Yo ya lo he contado. Al día siguiente de la excursión al puerto, –me habló de ello Guzmán– estuve en su casa de Pilares. Aquello era una ruina, todo roto. El estudio daba horror. Los libros por el suelo con páginas arrancadas, los vaciados de esculturas clásicas hechas añicos, los lienzos, pintados por el propio Guzmán, rasgados despiadadamente...

D. Medardo: Señales evidentes de sangrienta lucha.

Hurtado: Todavía al entrar yo, estaba Guzmán con una espátula en la mano y en actitud poco tranquilizadora. Pero en cuanto me vio, tan fresco. Se bañó delante de mí y se untó luego el cuerpo con agua de colonia.

D. Medardo: ¡Qué monstruo!

Leonor: Mira, papá, te excitas sin venir a cuento. Alberto será todo lo que se quiera, y ya ves que yo no he sido santa de su devoción...

Hurtado: ¡Leonor!

Leonor: Ni él de la mía.... pero eso que decís, ¡vamos!, me parece tan extraño, tan imposible....

Hurtado: Imposible no.

Leonor: ¿Es que tú quieres empeorarlo, Teles?

D. Medardo: ¡Imposible! ¿eh? ¿Sabes tú, hija mía, lo qué es una borrachera?

D.ª Lola: ¿Cómo va a saber ella lo que es una borrachera, Medardo?

D. Medardo: De referencia he querido decir, mujer. Bueno; pues cuando uno de esos señoritos – mil veces lo he oído en el Círculo– cuando uno de esos señoritos toma un *lavabus*, como le dicen a la merluza, a la turca, a la mica, a la papalina, a la curda, –que todos esos nombres se dan a la borrachera– mil veces lo he oído en el Círculo, cuando esos señoritos toman uno de esos terribles *lavabus*, se convierten en energúmenos. Una noche rompieron todos los espejos del Círculo, y cuidado que había lunas de cuerpo presente que valían un dineral; luego arrojaron a la calle todos los muebles del salón amarillo, que valían un dineral...

D.ª Lola: Jesús, Jesús...

D. Medardo: En fin, hasta los *tudescos*, ardiendo y todo, como estaban...

Tita Anastasia: ¿Los tudescos?

Hurtado: Los chubesquis.

Tita Anastasia: Ah...

D. Medardo: Ardiendo y todo, como estaban, los arrojaron a la calle...

D.ª Lola: ¡Jesús!

D. Medardo: Por milagro divino no se produjo una *consagración*. Luego se desnudaron como micos...

Leonor: ¡Estarían preciosos!

Hurtado: ¡Leonor!

D.ª Lola: ¡Qué cosas dices, hija! Y tú, Medardo, estás tan nervioso que no reparas.

Hurtado: Una vinagrada no le sentaría mal, don Medardo. Está usted muy excitado…

D. Medardo: Mucho, mucho.

Hurtado: Prepárala, Leonor.

Hurtado: Y tranquilízate, papá, que después de todo a nosotros… *(Mutis casona)*

D. Medardo: ¿Y dónde puede Alberto haber escondido el cadáver de esa infeliz?

Hurtado: Qué se yo, don Medardo. Aquí hay un misterio.

D.ª Lola: ¡Qué vergüenza! Un muchacho de tan buena familia, codeándose con mujerzuelas… que quieres que te diga, a mí eso es lo que me parece peor…

D. Medardo: Bah, bah, bah… En cuanto a lo de las palomas *torcuaces*… en cuanto a eso… el hombre es flaco, y hay que ser indulgente son las flaquezas de la carne. Yo hombre, al fin y al cabo, hombre como cualquiera, he sido también víctima de esa ligera enfermedad…

D.ª Lola: No digas Medardo…

D. Medardo: Cuando era joven… he sido víctima de esa ligera enfermedad, o ideal de perpetuación, como le llaman, que mil veces lo tengo oído en el Círculo. Esas disculpables expansiones con palomas *torcuaces*, unos las tienen de solteros y otros de casados…

Tita Anastasia: Y otros de solteros y casados.

D. Medardo: ¿Qué sabes tú de eso, Anastasia? Cállate, que tienes la mollera *herpéticamente* cerrada a canto y lodo…

25

Tita Anastasia: Lo que te digo es que Alberto me dio siempre muy mala espina.

D. Medardo: Calla, Anastasia, calla. Tienes la mollera *herpéticamente* cerrada con mampostería. Anda, anda, date un paseíto.

Tita Anastasia: *(Sentándose)* Bueno.

D. Medardo: Pero, en fin, conviene que le digas a la niña que se le quite eso de la cabeza.

D.ª Lola: Mira, díselo tú, que eres el jefe de la familia.

D. Medardo: ¿Yo?

D.ª Lola: Claro. Y pronto. Fina, Fina.

Fina: *(Dentro)* Voy.

Hurtado: Yo les dejo... comprenderán...

D. Medardo: Sí, hijo, sí... *(Mutis casona Hurtado)* Y tú, Anastasia, déjanos también.

Tita Anastasia: Ahora mismo. *(No se mueve)*

D. Medardo: ¡Alberto, Alberto! Siempre he dudado de la seriedad de ese joven. Pero esto, vamos; esto colma el vaso. Y sin esto ¡qué significa venir en un día diez veces y luego pasarse diez días sin venir; o veinte o un mes o dos —esta vez son cuatro meses— sin aparecer por casa y sin enviar a Fina siquiera dos letras. ¿No habrá querido reírse de ella, Dolores?

D.ª Lola: ¡Quiera Dios que tu ligereza de haberle traído a casa no nos cueste cara, Medardo!

D. Medardo: En el Círculo parecía un muchacho tan higiénico... y como yo por aquel entonces, bien lo sabes, no partía peras con Telesforo, le hablé de mis dos vástagas, inclinando la balanza, como era de ley, por Leonor.

26

D.ª Lola: Y al principio parecía que Leonor le interesaba.

D. Medardo: Luego resultó que era Fina el imán que le atraía, y, mira lo que son las cosas, desde entonces desconfío de él, porque ¿qué habrá visto en Fina para enamorarse de ella?

D.ª Lola: Yo que sé, Medardo. Los hombres sois tan particulares. ¿Qué tenía yo para que tú al volver de La Habana, cuando todas las muchachas de Pilares hacían cábalas para el indiano, te hubieras fijado en mí?

D. Medardo: No compares, mujer. Ya quisiera Fina parecerse a ti cuando tenías su edad. Y aún ahora, mulata. *(Es rubia. Le oprime el brazo)*

D.ª Lola: ¡Ay, Medardo, no seas violento!

Tita Anastasia: ¡La niña!…

Fina: *(Por el portón. Trae un manojo de flores)* ¿Qué me querías?

D. Medardo: Ven acá *(Solemne)* Josefina, hija mía; las situaciones difíciles hay que resolverlas pronto. Tengo que decirte algo que me parte el corazón. *(Pausa)* Tus relaciones con Alberto han terminado para siempre. *(Pausa. Fina palidece)*

D.ª Lola: No te alarmes, papá quiere decir…

D. Medardo: Quiero decir que han terminado para siempre, para siempre. ¿Lo oyes? ¿Lo oyes? Para siempre.

Fina: *(Con voz apacible)* Sí, ¿qué más?

D. Medardo: ¿Eh?

Fina: ¿Si se ha muerto o… se ha casado?

D. Medardo: Peor, peor; no me preguntes, hija de mi alma, no me preguntes, porque tengo una angustia aquí, aquí. ¡Ay!

D.ª Lola: Medardo, Medardo, por Dios, no te excites... Y tú no preguntes, ¿ves cómo se pone? Anda, anda; ven a tomar el refresco, ven.

D. Medardo: Sí, sí... hija de mi alma... *(Mutis los dos por la casona. Pausa. Tita Anastasia llega junto a Fina que está petrificada. La acaricia, la besa)*

Fina: ¿Por qué es esto, tita Anastasia?

Tita Anastasia: Porque... ¡quién lo diría!... si, bien mirado, tiene la cara de un santín.

Fina: Pero... ¿qué ha hecho, tita Anastasia?

Tita Anastasia: ¿Tú sabes lo que es una borrachera?

Fina: ¡Tita!...

Tita Anastasia: Un *lavabus*, como dice tu padre. Cuando los hombres, santina, cogen un *lavabus*, rompen los espejos de cuerpo presente, tiran los chubesquis, y, si van al puerto a ver un eclipse de sol acompañados de palomas torcaces, alteran la paz de los campos, escandalizan a los aldeanos, a las aldeanas; y si pasan por allí padres Escolapios, éstos hacen tres cuartos de lo propio.

Fina: ¡Tita!...

Tita Anastasia: Alberto cogió un tremendo *lavabus*, hizo todo lo que he dicho, llevó a su casa de Pilares a una de las palomas torcaces, y, según dice el periódico y todos aseguran, la asesinó....

Fina: ¡Tita!

Tita Anastasia: Y se fue con unos titiriteros por esos pueblos de Dios, como si tal cosa, hasta que la justicia le echó el guante.

Fina: Pero, ¿está en la cárcel, tita?

Tita Anastasia: ¡Claro que sí! ¿Dónde quieres qué esté? *(Pausa. Fina se reconcentra. Abatida, pasa lentamente a la derecha y se deja caer en un asiento junto a la mesa)* ¡Cuánto te hace sufrir, paloma! Es cosa de un momento. Lo olvidarás y lo aborrecerás como se merece.

Fina: *(En pie)* ¿Qué dices, tita Anastasia? ¿Tú dices eso, tita Anastasia? Ahora lo quiero más que nunca, porque ahora está sufriendo, quizá llorando. Estar separada de él... ¿No lo comprendes, tita Anastasia? ¿No lo comprendes, tú que eres buena y entiendes de estas cosas del querer?

Tita Anastasia: ¿Eh? *(Tita Anastasia perpleja)*

Fina: ¿Tú dices eso, tita Anastasia? *(Tita Anastasia rompe a llorar)* ¿Verdad que no, tita Anastasia?

Tita Anastasia: Dices bien, paloma, dices bien. Jesús, Jesús, Jesús, ¿cómo pude yo dudarlo? ¿Te hice mal, paloma? ¿Te hice mal? *(Fina dejándose besar, niega son la cabeza)*

Leonor: *(De la casona)* ¿Te ha dicho algo la tita?

Fina: ¿De qué?

Leonor: De lo de Alberto.

Fina: Sí, todo.

Leonor: Por supuesto, a mí, aunque me lo juren frailes descalzos, no me entra en la cabeza. No puedo creer que sea cierto. Y tú, ¿qué dices?

Fina: Que aun cuando fuera cierto...

Leonor: *(Atajándola)* ¡Lo que ibas a soltar, niña! Se te ocurre cada disparate.

Fina: ¿Es que tú?...

Leonor: ¿Yo, en un caso de esos?... Vaya, mujer; cruz y raya. Como si le dieran las viruelas. Cuidado, papá.

D. Medardo: *(De la casona)* Pobre hija mía, qué pena me das.

Fina: *(Acariciándole)* Tranquilízate, papá, y no te inquietes por mí.

D.ª Lola: Si saliéramos a dar un paseíto...

Hurtado: Un paseíto hasta los pinares de Salsero le haría mucho bien.

D.ª Lola: Sí, Medardo. Telesforo habla como un libro.

D. Medardo: Vamos, sí. El refresco me ha sentado de perilla. Pero le temo a la maldita pierna...

D.ª Lola: Con volvernos cuando te canses o te duela...

D. Medardo: Bien, sí.

Hurtado: Yo me quedo a trabajar un rato. La correspondencia del Banco...

D. Medardo: Bueno, bueno...

Hurtado: *(A Leonor)* Ve tú. *(Mutis casona)*

Leonor: Entonces me arreglaré un poco. Estoy hecha una facha y siempre pasan autos.

D.ª Lola: Vamos nosotros. Ya nos alcanzarán.

D. Medardo: Vamos *(Mutis portón)*

Leonor: ¿Tú no te vistes?

Tita Anastasia: ¿Para qué?

Leonor: ¿Nos acompañas, tita?

Tita Anastasia: ¡Claro!

Leonor: Pues arréglate. Así no vengas. *(Mutis casona)*

Tita Anastasia: *(Amoscada)* ¿Nos quedamos?

Fina: No, tita. Se enfadaría papá. Arréglate un poco.

Tita Anastasia: Por ti lo hago. *(Mutis casona)*

Fina: Lo sé. *(Pausa. Fina llega lentamente junto a las colmenas, se acomoda en el césped, eleva sus ojos hacia el palomar, y alargando el cuello como para comulgar, mientras las abejas manifiestan su alegría jugueteando alrededor de las colmenas, recita son suavidad cantarina)*

> Las abejitas de la Virgen,
> y las abejitas de Dios;
> haced de la flor que yo quiero
> la miel para mi corazón.
> Abejitas que hacéis la cera,
> abejitas que hacéis la miel;
> no es el narciso, ni es la azucena,
> ni es la rosa, ni es el clavel,
> ni es la flor del agua
> de espuma y cristal,
> ni la madreselva
> que cubre el tapial…
> Con vuestra cera haré a la Virgen
> un cirio que le ofrecer.
> Que ella os diga la flor que yo quiero.
> Abejitas; traedme su miel.
> Abejitas de Santa Ana
> que en los higos de la higuera
> ibais siempre por la mañana
> a chupar la miel y la cera.
> Abejitas, por San Joaquín
> y por la su hija galana,
> traedme la dulce miel que sana,

31

la miel de la flor de aquel jardín. *(Pausa)*

Leonor: Cuando quieras.

Fina: Vamos.

Leonor: ¿Y la tita?

Fina: Arreglándose.

Leonor: ¿Todavía? Tita, tita…

Tita Anastasia: Ya estoy, neñina, Joasús. *(Con devocionario, rosario y paraguas colorado)*

Leonor: Pero, ¿estás toña, tita?

Tita Anastasia: ¿Yo?

Leonor: ¡Claro! ¿Es que vamos a misa?

Tita Anastasia: Tienes razón. Ye la edad.

Fina: Anda, tita Anastasia, deja el libro y el rosario.

Leonor: Y el paraguas también.

Fina: Como nunca me pongo estes gales más que pa dir a misa… ¡Señor, señor, qué cabeza! Pues nada, que iba tan riscantimplada con el libro de misa. *(Ríen Fina y tita Anastasia)* ¿Ves tú? ¿Y a lo mejor ye pecao?

Fina: ¡Quita allá, tita, por Dios! Déjalo aquí mismo. Anda, vamos.

Hurtado: *(De la casona)* Iré a reunirme con vosotros en cuanto termine esto.

Leonor: ¿Y despides así a tu mujercita? Está bien: ya no me quieres. Sí, sí, ya no me quieres.

Hurtado: Bah, no seas boba…. *(La besa y hacen mutis por el portón arrullándose)*

Fina: ¿Qué te pasa, tita Anastasia?

Tita Anastasia: Quita… desvergonzados, más que desvergonzados.

Fina: Pero, tita…

Tita Anastasia: Yo sé lo que digo.

Fina: ¿Preferirías verlos reñir?

Tita Anastasia: No

Fina: ¿Entonces?

Tita Anastasia: Tú no entiendes de esas cosas, neñina, pero... yo sé lo que digo. Bien claro lo explicaba el cura de mi aldea en el sermón de los domingos. El beso fue invención del propio Satanás, y la más abominable de todas las deshonestidades, porque es la puerta falsa por donde se cuelan con silenciosa perfidia; y según rezan libros de piedad, cuando el demonio imperaba en la tierra, como señor absoluto, la generación se hacía a flor de labio. Por eso, desde neña, le tengo un fanático horror al beso...

Fina: Vamos, Tita Anastasia, vamos...

Tita Anastasia: Y entre personas a quienes Dios, por ministerio de un sacerdote, no haya unido en matrimonio, es pecado gravísimo; entre esposos es uno de tantos males necesarios como Dios consiente en sus ocultos designios, pero siempre algo vergonzoso. No lo puedo remediar. Me produce malestar en el estómago. *(Mutis las dos por el portón. Pausa. En el practicable del fondo aparece Alberto por la derecha. Contempla cuanto le rodea)*

Alberto: El sendero que desciende de la colina, la pasadera de piedras sobre el agua, la vieja tapia, el portón de rojos barrotes, los altos álamos, las margarita y narcisos, rosas y claveles, y las colmenas de Fina... ¡Pobre Fina! *(Se sienta sobre el muro. En el portón aparece Hurtado. Queda sorprendido)*

33

Hurtado: ¡Alberto! ¿Usted?…

Alberto: Yo mismo. Tranquilícese… no me he fugado de la cárcel. Estoy libre.

Hurtado: ¿Eh?

Alberto: Rosina se presentó en el juzgado esta mañana, sana y salva.

Hurtado: ¡Ah!…

Alberto: Se conoce que aquel día, asustada al verme desmayado —o beodo, como usted quiera— tomándome quizá por muerto, huyó de mi casa, y, al verse sola, consideró lo más prudente no volver a la odiosa prisión en donde la tenían recluida. Su protector ocasional la tuvo tan apartada del mundo que no pudo llegar hasta ella la noticia. ¡Ha comprendido usted? ¿Sí? Pues esto es todo.

Hurtado: Nunca he dudado de usted.

Alberto: Muchas gracias.

Hurtado: ¿Le han molestado mucho?

Alberto: Al contrario. Todos amabilísimos. En la cárcel dejo muy buenos amigos.

Hurtado: Lo que es eso…

Alberto: Aseguro a usted que todo hombre debe conocer la prisión y aún merece estar en ella…

Hurtado: ¡Extravagancias!

Alberto: Sí, ¿eh? Cuando entré, convencido de que no debía de estar allí, me pareció el caso injusto, y sobre todo ridículo, pero hace ocho días yo no sabía aún lo que era injusticia. Hoy que salgo, creo firmemente que merezco estar dentro. No sólo yo ¿eh?…

Hurtado: No le entiendo a usted.

Alberto: Mía será la culpa. Y por aquí, ¿se ha sabido?

Hurtado: Figúrese... los periódicos...

Alberto: ¿Y estarán todos contra mí?

Hurtado: Calcule...

Alberto: ¿Fina también?

Hurtado: No sé, pero...

Alberto: ¿Qué?

Hurtado: ¿Cuántos días lleva usted sin aparecer y sin escribirla?

Alberto: No sé, muchos. Tres o cuatro meses... ¿Recuerda usted la noche que salimos juntos de aquí, días antes de su boda de usted?

Hurtado: Sí, sí...

Alberto: Que nos despedimos en Villaclara después de... de... llamémosle devaneo. *(Tristemente)*

Hurtado: Recuerdo.

Alberto: Pues al siguiente día, me sentí tan indigno de Fina que... que la escribí rompiendo con ella. ¡Pobre Fina!

Hurtado: ¿Por aquello? Ja, ja, ja.... ¿Pero habla usted en serio?

Alberto: Completamente.

Hurtado: Sigo sin comprenderle.

Alberto: Mía será la culpa. ¡Pobre Fina!

Hurtado: Bah, bah, bah... bobadas. Mi querido concuñado presunto, hágame el obsequio de entrar en esta su casa. Estamos solos. La familia, Fina con ellos, ha ido a pasear a los pinares. Tardarán aún. Fumaremos un cigarrillo. *(Alberto avanza hasta primer término)*

Alberto: ¡Pobre Fina!

Hurtado: Ha tenido usted suerte. Si a esa muchacha —a Rosina— le ocurre cualquier accidente y no logra presentarse, lo fastidian a usted.

Alberto: Pss…

Hurtado: Las pruebas le acusaban, porque, amigo mío, el destrozo que yo vi en el estudio de usted… libros rotos, estatuas rotas, lienzos rotos… aquello…

Alberto: Aquello era un trasunto de mi mundo interior.

Hurtado: ¿Todo en ruinas? Je, je, je…

Alberto: Exacto.

Hurtado: ¡Bah!…

Alberto: Prematuramente, despojado de todas las mentiras vitales, de todas las ilusiones normativas, dentro de mi alma estaban rotos los grandes luminares de la infancia. Hasta aquel momento, había buscado en el arte un abrigaño donde acogerme, como quiere Schopenhauer –¡viejo lúbrico y cínico! *(Da un puñetazo sobre la mesa)* Pero, indudablemente, las tinieblas del eclipse del día anterior me alcanzaron el alma de lleno, y, el astro solitario que vivía dentro de mi corazón –la Belleza con su satélite, la gloria, la inmortalidad en el recuerdo de los hombres– dejó de lucir. Los ojos del espíritu penetraron la enorme ridiculez del arte y, avergonzado de haber tomado en serio un juego tan pueril y vacuo, arremetí contra todo.

Hurtado: Ja, ja, ja… Rarezas de artista.

Alberto: Sí, somos bichos de naturaleza muy rara.

Hurtado: Y las artes poéticas, ¿también las cree usted ridículas?

Alberto: Pss… también.

Hurtado: Ja, ja, ja. Está usted de chanza.

Alberto: ¡Sí, sí!

Hurtado: Pues qué quiere usted; yo, mísero y vulgar hombre de negocios, me moriría de desconsuelo si no tuviera por sostén ciertas facultades poéticas. Por de contado, y sin el amor de Leonor. Pero, quien dice amor, dice poesía. Leonor es y ha sido mi musa. Yo soy un sentimental; créamelo. Pero, si usted también ha hecho versos…

Alberto: También.

Hurtado: Y muy bonitos. Yo, la verdad, no los entendía muy bien…

Alberto: De seguro culpa mía.

Hurtado: Ja, ja, ja… No quiero decir tal. Usted tiene mucha erudición

Alberto: Demasiada. ¡Maldito esteticismo! Ser un portfolio de estampas muertas… ¡Hay que animalizarse! ¡Quién fuera orangután!… y dar comienzo de nuevo, dentro de mí mismo, a la historia humana…

Hurtado: Ja, ja, ja… Se comprende…

Alberto: ¿Qué?

Hurtado: El verse en libertad le ha puesto de excelente humor.

Alberto: Ya lo creo…. ¡Magnífico! ¡Pobre Fina!

Hurtado: Amigo Alberto, la sinceridad es mi cualidad preponderante. A fuer de sincero, le diré que se me figura que no está usted enamorado de Fina.

Alberto: ¿Enamorado? No sé lo que significa ese adjetivo.

Hurtado: ¡Adjetivo!… Sí, en efecto, es adjetivo.

Alberto: Lo único que puedo asegurarle es que Fina es la primera mujer que me produjo ciertas emociones, que su carácter se acomoda al mío y que no podré casarme con ninguna otra mujer como no sea son ella... si me caso alguna vez.

Hurtado: Pues hombre, cásese usted pronto. ¿Qué le parece para diciembre? Gran mes. Cásese para diciembre y haga feliz a Fina. Y miré que don Medardo tiene bien cubierto el riñón. No sé si sabrá usted que, al casarme, mi principal me interesó en el negocio. Bueno; pues, a los pocos días, decidió no trabajar más y me cedió la banca. ¿Qué tal, eh? Y, ¿sabe usted cuánto ha depositado en ella don Medardo? Más de ciento veinte mil duros. Aquí están las notas. *(Por los libros)* El suegro no es una nuez hueca.

Alberto: Supongo que me hará usted la merced de creer que la pecunia del indiano no es señuelo que me haga incurrir en connubio.

Hurtado: Usted perdone, no entiendo bien.

Alberto: Que no me caso por dinero, hombre.

Hurtado: No digo tal. Yo no tenía un cuarto, y, tampoco me he casado por dinero. Pero, donde no hay panchón todos riñen, y todos tienen razón. Claro que a usted le sobra dinero por la punta de los dedos. Y a propósito, usted tiene un depósito muy considerable en casa de los Meumiret...

Alberto: Sí.

Hurtado: En confianza le diré que no debe fiarse mucho de ellos. Yo sé cosas... sé cosas... Créame, le convendría trasladar a mi banca esos valores. Excuso decirle que yo me cuidaría de ellos como si fueran míos.

Alberto: No tengo inconveniente.

Hurtado: Bien, hombre, bien. Pues hay que casarse... *(Dándole palmaditas en los muslos)*

Alberto: Pss...

Hurtado: Hay que casarse, hombre, ¡qué diantre! ¿Tiene usted ahí el resguardo?

Alberto: Me parece que sí.

Hurtado: En dos minutos hacemos el endoso. *(Alfonso del Marmol aparece en el altozano por la derecha. Invariablemente saborea un monumental cigarro habano)*

Marmol: Señor Hurtado... buenas tardes.

Hurtado: *(Contrariado)* ¡Caramba, Alfonso del Marmol! ¡Buenas tardes! Un momento. *(A Alberto)* Soy con usted enseguida. *(Por Marmol)* Me crispa los nervios. *(Mutis casona)*

Marmol: ¿Qué hay, don Alberto? Je, je, je...

Alberto: Ilustre Marmolillo, ya lo ve usted.

Marmol: Je, je, je... Ese títere se pasa de listo. *(Por Hurtado)*

Alberto: ¿Pues?

Marmol: Je, je, je... *(Siempre con leve sonrisa irónica)* ¿Ha venido usted a ver a su novia?

Alberto: Sí.

Marmol: Je, je, je...

Alberto: Y usted, ¿de dónde sale?

Marmol: De Madrid.

Alberto: ¿Viene usted al concurso hípico?

Marmol: ¿Al concurso hípico? Je, je, je... Sí, señor, al concurso hípico. Esta mañana llegué a

Pilares y he venido a Villaclara a ver a mi mujer y a los chicos… je je, je…

Alberto: ¿De qué se ríe usted?

Marmol: Me río, me río… ¿Cuándo ha salido usted de la cárcel?

Alberto: Este mediodía.

Marmol: Je, je, je…

Alberto: ¿Por qué se ríe usted?

Marmol: ¡Quiá!

Alberto: Que sí.

Marmol: Dígamelo.

Alberto: ¿Conocía usted el escondite de Rosina?

Marmol: ¿Yo?

Alberto: Más aún, usted mismo es quien la tenía escondida en Madrid.

Marmol: ¿Se lo ha dicho ella?

Alberto: Lo he adivinado. Je, je, je… *(Imitándole)*

Marmol: *(Ríe francamente)* Ja, ja, ja…

Alberto: ¿Confiesa la bromita?

Marmol: Je, je, je… *(Como antes)* Y qué, ¿cuándo se casa usted?

Alberto: ¿Me aconseja usted que me case?

Marmol: Claro que sí. Ya está usted en edad.

Alberto: Miren el libertino…

Marmol: Si tocarán a descasarse, y luego a casarse otra vez, yo volvería a casarme al punto con mi mujer. Pocos maridos podrán decir eso. Pues bien, su novia es como mi Amparo; acuérdese de que yo se lo digo. Todas las mujeres juntas en un piño, no valen lo que ellas dos.

Alberto: Conforme.

Marmol: Usted no dudará de que yo le quiero bien, ¿verdad?

Alberto: No dudo.

Marmol: Por eso me da usted pena.

Alberto: ¿Pues?...

Marmol: Usted tiene mucho talento.

Alberto: Bueno...

Marmol: Y, sin embargo, usted no hará nada en la vida... por...

Alberto: ¿Por qué?

Marmol: Porque es usted un abúlico. Abúlico intelectual, je, je, je...

Alberto: Pss...

Marmol: Y por el cariño que le tengo, ¿a qué no sabe lo mejor que le deseo?

Alberto: A ver.

Marmol: Que se quede usted de pronto sin un cuarto...

Alberto: ¡Hombre!

Marmol: Para que de ese modo se vea obligado a trabajar.

Alberto: A escribir, querrá usted decir.

Marmol: Y cómo sé que no escribirá, a no ser por fuerza...

Alberto: Eso es; me arruina usted y a ganarme la vida escribiendo, y en España, donde nadie ha logrado ganársela por ese procedimiento desde Cervantes a nuestros días.

Marmol: Pues yo insisto.

Alberto: Y dale. Dígame el porqué. Su opinión de hombre muy vivido y muy culto me interesa más que la de un literato profesional.

Marmol: Porque... me habló usted siempre de las cosas extraordinarias con tanta naturalidad, que yo me veía obligado a aceptarlas como cosas naturales, y de las cosas naturales con tanta intensidad, que yo descubría en ellas nuevos sentidos. Me habló usted de los problemas más difíciles con tanta lógica y sencillez, que yo me admiraba de mí mismo y de ver tan claro, y de las ideas fáciles y habituales, de las opiniones admitidas con tanta agudeza y precisión, que yo me quedaba perplejo descubriendo que no eran tan claras como yo creía. Me parecía que usted había dado conciencia a mis ojos, a mis oídos, a mi corazón y a mi cerebro. Y ¿qué otra cosa es un escritor sino la conciencia de la humanidad? No sé explicarme mejor.

Alberto: Y, sin embargo, yo no sé a qué atenerme en nada.

Marmol: Porque vive usted en Babia. Je, je, je…

Alberto: Muchas veces me he dicho: Hay que hacer, hay que apresurarse; ¿he de cruzar la vida sin rastro y sin ruido como una sombra en la noche? Hay que hacer…

Marmol: Naturalmente.

Alberto: Y, sin embargo, nunca he logrado decidirme. Fáltame la tradición, tronco y raíces que agarren en tierra firme.

Marmol: Bah, bah.

Alberto: Este flotar de toda vida, este maquinar sin plan y con fiebre, este soñar sin asidero, ¿qué otra cosa es sino ausencia de niñez?

Marmol: ¡Atiza!

Alberto: Yo no he sido niño, Alfonso. Mi madre muerta al nacer yo, mi padre —bien lo sabe— ¿qué recuerdos guardo de él? Sólo el recuerdo de sus crueldades y desdenes. Mis únicas sombras familiares se reducen a la vieja Teodora y a la vieja Rufa…

Marmol: Pues a crearse una familia, ¡que caray!

Alberto: No sé, no sé.

Marmol: Es usted infeliz. Je, je, je…

Marmol: Tampoco sabe usted que se va a casar muy pronto.

Alberto: ¿Usted cree?

Marmol: Je, je, je… ¿Irá usted a Pilares?

Alberto: ¿Anochecido?

Marmol: Yo marcho ahora. En el Círculo nos veremos, y no olvide mis consejos; cásese Alberto. Su novia y mi mujer valen más que todas las mujeres juntas en un piño. Hasta luego, *poverino*. Je, je, je…. *(Mutis derecha)*

Alberto: Adiós, Alfonso…

Hurtado: *(Aparece)* Marchó, ¿eh? Tiene una risita… En dos minutos hacemos el endoso. ¿El reguardo?

Alberto: *(Aparece)* Me parece que es éste.

Hurtado: Éste mismo. *(Mientras escribe)* ¿Cenará usted con nosotros?

Alberto: No creo. Preciso estar en Pilares temprano…

Hurtado: Lo siento. Después de cenar voy a leer a la familia una composición poética que he hecho a un zagal misterioso que, de algún tiempo a esta parte, a la hora del oscurecer, tañe en la flauta dulces aires de la tierra…

Alberto: Ah…

Hurtado: Y me gustaría conocer su opinión.

Alberto: Otro día…

Hurtado: Ya he oído como Alfonso del Marmol le aconsejaba a usted que se casase....

Alberto: Pss.

Hurtado: Desengáñese usted; a nuestra edad, lo único es el amor, y su solución más racional, el matrimonio. ¿Qué piensa usted?

Alberto: No sé, no sé. Usted me ha dicho siempre que se casaba por amor.

Hurtado: Exacto. Leonor es y ha sido mi verdadero y único amor.

Alberto: ¿Para usted una mujer diferente a todas las otras?

Hurtado: Justo

Alberto: Y como la ama usted intensamente, todas las demás mujeres le son a usted indiferentes u odiosas. ¿No es así?

Hurtado: Sí, sí, desde luego. Sin embargo, hay algunas otras muy divertidas, para pasar el rato.

Alberto: Perdón, hablo del Amor con mayúsculas. Como decía usted antes, el único amor... Me refiero a ese sentimiento exclusivo que nos hace concentrar toda nuestra vida afectiva en una mujer determinada, y sin el cual no puede haber matrimonio lícito, honrado.

Hurtado: Desde luego.

Alberto: Pues bien: figúrese que mañana, en vez de la Leonor juvenil y fragante de hoy, le despierta una mujer consumida, lacia, canosa, de flácido seno y boca desdentada, y que le tiende los brazos amorosamente exclamando: "Telesforo de mi vida, ven con tu Leonor". Y que fuese en efecto Leonor, así transfigurada en el curso de la noche por cualesquiera circunstancias, por arte de encantamiento si usted quiere. Espiritualmente, continúa siendo la Leonor de hoy. ¿La amaría usted cómo hoy la ama?

Hurtado: Eso es caprichoso, imposible. Sé que no puede ocurrir; por lo tanto, no sé lo que yo haría en ese caso.

Alberto: ¿Qué no puede ocurrir? Si ha de ocurrir fatalmente, hombre de Dios. Sólo que la obra de unos años, y muy pocos, no vaya usted a creer, yo la condenso en una noche. Y vea usted que prescindo de las innumerables miserias, corrosivas del amor, resultado necesario de la íntima convivencia. Nada de esto existe para mí en este momento. Anoto sólo el hecho físico de que la mujer a quien usted ama deja de ser esa misma mujer, se trueca en una criatura enteramente distinta y nada amable; lo mismo me da que engorde o que enflaquezca...

Hurtado: Parece usted referirse a mi amor material...

Alberto: ¿Al incentivo carnal?

Hurtado: Eso es; pero el amor es algo desligado de ese materialismo; es un sentimiento puro.

Alberto: ¿De alma a alma?

Hurtado: Indudablemente.

Alberto: Entonces, ¿el matrimonio huelga?

Hurtado: Discurre usted de una manera...

Alberto: ¿Cómo?

Hurtado: Esas son exageraciones. Usted habla en chanza.

Alberto: En efecto, Telesforo, hablaba en chanza y creí que usted me seguiría la corriente. *(Despectivamente)*

Hurtado: Ya está *(Se ponen en pie. Alberto a la derecha. Hurtado en la misma línea, cubriendo la figura de Alberto, de modo que desde el portón no se le distingue)* Usted firma aquí. Ahora el recibo. Tome usted. Para lo demás igual que cuando los valores estaban en casa de los Meumiret.

Alberto: Gracias.

Hurtado: De nada, mi querido concuñado presunto.

D.ª Lola: *(Entra comentando. Al separarse Hurtado, y ver a Alberto, da un grito estridente y desaparece por el portón)* Lo que temíamos, hijo, la dichosa prensa –¡Ah!– ¡Medardo! ¡Medardo!... Alberto está aquí... *(Rumores dentro)*

D. Medardo: *(Dentro don Medardo)* ¡Ahora veremos!...

Alberto: ¡Bueno!

D. Medardo: *(Aparece)* ¡Señor mico! No me explico cómo se atreve a venir a esta honesta mansión... a esta mansión honesta... a esta mansión...

Alberto: Entendámonos, don Medardo. Yo tampoco me explico este recibimiento.

D. Medardo: ¿Eh?

Alberto: Reconozco mis culpas...

D. Medardo: ¡Ah!

Alberto: Es un crimen si usted quiere...

D. Medardo: Un crimen...

Alberto: Moralmente. Pero, puesto que usted me ve aquí, es señal de que estoy arrepentido.

D. Medardo: Confiesa usted. ¿Y aún pretende deshonrarnos, presentándose aquí, fugado sin duda de la prisión, como quien dice, con las manos frescas de sangre húmeda, digo, con las manos húmedas de sangre fresca?

Alberto: *(Ríe francamente)* Ja, ja, ja...

D. Medardo: ¿Se ríe usted de mi equivocación? No todos podemos ser sabios. En este caso lo principal es...

Alberto: Sí, que yo soy un asesino. Perdone usted si antes no he caído en la cuenta. Me refería al abandono en que he tenido a Fina durante todo este tiempo. Por lo que hace a las mamarrachadas que me han atribuido, todo está aclarado.

D. Medardo: Pero... ¿De veras no es cierto?

Alberto: Que lo diga Hernando.

D. Medardo: ¿De veras?

Alberto: ¡Ea, se acabó! Lo digo yo y basta.

D. Medardo: *(Abrazándole)* Hijo de mi alma, si ya decía yo que no podía ser, si ya lo decía yo...

Hurtado: Recordará usted, que yo también sostuve que no podía ser.

D. Medardo: Quien dijo desde un principio que no podía ser fue Leonor, la verdad es la verdad. Miren si es lista.

Alberto: ¿Y Fina?

D. Medardo: Esa no dijo nada. Ya conoce usted su costumbre. ¡Lola, Leonor, Fina, Anastasia! De prisita, de prisita... Si ya decía yo no que podía ser, si ya decía yo...

Leonor: Quien lo dijo desde un principio fui yo; que te conste.

Hurtado: Y yo, Leonor.

Leonor: Diciéndolo yo, doy por hecho que tú lo repites. Enhorabuena, Alberto.

Alberto: Gracias

D.ª Lola: Buen disgusto nos ha dado usted; es decir, usted no… *(Tendiendo la mano)*

D. Medardo: Pero buen disgusto nos hemos tomado *(Tendiendo la mano)*

Alberto: Tita Anastasia… *(Tendiéndole la mano)*

Tita Anastasia: Que le esperan… *(Por Fina)*

Alberto: Y tú ¿qué dices?

Fina: *(Calla y baja la cabeza)*

D.ª Lola: ¡Qué sosa eres, hija!

D. Medardo: Déjala, que también ella habrá pasado lo suyo. Pero, en fin, ya la paz reina en Segovia…

Tita Anastasia: En Varsovia.

D. Medardo: ¿Me he equivocado?

Tita Anastasia: Claro que sí. Se dice en Varsovia.

D. Medardo: Pues donde sea, que a mí me da lo mismo. Ya que reina la paz, vamos a tomar un refrigerio. El onceno, no estorbar. *(Mutis todos por la casona)* Les aguardamos, ¿eh?

Alberto: Sí, sí… *(Pausa larga)* ¡Qué feliz soy! ¿Y tú, Fina?

Fina: ¿A qué me lo preguntas?…

Alberto: Cierto, cierto. ¿Me perdonas, Fina?

Fina: ¿De qué?

Alberto: De que a veces no me porto bien contigo. Te escribo poco, no sabes de mí…

Fina: Calla, no digas eso.

Alberto: Pero te quiero, Fina, te quiero… ¡Si tú supieras!

Fina: ¡Que loco eres! Toma; ponte éste que está fresco y dame ese *(Un piño de madreselva que trae en el ojal)* ¿Ves? Este ya no huele *(Guarda el de Alberto en el cinturón. Pausa)*

Alberto: Vas a decirme la verdad.

Fina: Siempre te la he dicho.

Alberto: Cuando te dijeron de mí esa tontería absurda, ¿tú qué pensaste?

Fina: A mí me lo dijo tita Anastasia. Como es tan buena, todas las desgracias crecen dentro de su imaginación. Me dijo que estabas en la cárcel. Yo tuve muchos deseos de llorar, pero no me atreví. Pensaba que estarías solo, y eso de no poder estar a tu lado me hacía mucho daño.

Alberto: ¿Pudiste creer semejante cosa de mí?

Fina: No me paré a pensarlo. Yo no sé nada del mundo. Cuando oigo hablar de las cosas malas que hacen algunas personas, no creo que sean cosas malas. Si lo hacen, por algo será que puede más que ellos. ¿Te explicas tú que nadie haga el mal por gusto? Me decían eso de ti como cosa cierta. Sólo pensaba que acaso estarías sufriendo. Porque, ya te digo, no sé nada de las cosas del mundo. Una sé, y es cosa mía; lo único. *(Inclina púdica la cabeza)* Dirás; ¡qué charlatana se ha puesto la Josefina! *(Alberto toma las manos de Fina y la mira a los ojos en doloroso silencio)* No me mires así, Alberto.

Alberto: ¡Ay, Josefina, Josefina! ¿Por qué te habré conocido? Temo no merecerte, temo hacerte desgraciada.

Fina: No digas eso. Sin ti ¿para qué quiero vivir? Mira, si no me hubieras querido, te juro que me hubiera hecho monja. Lo pensé muchas veces: tita Anastasia lo sabe. Ahora ya, desde que te quiero, todo es diferente. Quererte: esto es todo. ¿Por qué me vas hacer desgraciada?

Alberto: ¿Qué sé yo? Porque yo lo soy, porque estoy desolado siempre, y no me atrevo a confiarte mis ideas por miedo a contagiarme de ellas. Al lado tuyo me olvido de todo; pero en cuanto me aparto, soy una cosa sin voluntad, a merced de fuerzas desconocidas.

Fina: Yo estoy segura de mi misma. ¿Y tú?

Alberto: ¿Yo?

Fina: ¿Y tú?

Alberto: Yo, Fina, soy ciego.

Fina: *(En tono jovial, lleno de ternura)* ¡Pobrecito mío!

Alberto: *(Cerrando los ojos y tendiendo su mano a Fina)* Soy ciego, ¡guíame!

Fina: ¡Ciego, ciego! *(Le conduce hasta el banco inmediato al portón de rojos barrotes)*

Alberto: Llévame así, Ariadna, por el laberinto de la vida. *(Se sientan. Pausa)*

Fina: *(Jovial)* Abre los ojos, cieguecito, siquiera para mirar las estrellas.

Alberto: No. *(Va humanizándose, sin perder el acento triste)* Cerrar los ojos. Luego, con la mano –sagaz y cauta, bien que ciega– asirte la tuya breve. Luego, por el brazo deslizarla, tan tenue y tan humilde como llovizna que del musgo empapa la tersura sedosa. Aspirar luego tu aroma sin aroma, que dimana de infantil pulcritud, como del heno en la noche estival. Luego, con honda emoción, ir sintiendo cómo, poco a poco, transfundiéndote vas toda tú dentro de mi cuerpo, como el oro del poniente en el mar, y cómo cada fibra mía de ti se ha saturado, al modo de la tela que se baña en la púrpura. Luego, el sobrehumano roce de no mirar y ver, prodigio de tenerte cual bálsamo en redoma, discernir, como el ojo alejandrino, más claramente dentro de la sombra. *(La besa. Aparece de la casona tita Anastasia, que queda petrificada al ver el grupo de Fina y Alberto besándose. En su rostro la sorpresa va modificándose en una sonrisa de comprensión, plena de suavidad y ternura. Fina levanta la cabeza, ve a tita Anastasia, se ruboriza intensamente, y corre a refugiarse en el pecho de tita Anastasia, como implorando indulgencia. Alberto continúa sentado en actitud melancólica. Pausa. Tita Anastasia habla emocionada)*

Tita Anastasia: Todos tenemos voz, pero hay voces que nacieron para cantar. Si yo fuera *menistro*, prohibiría así, *(Rubricando)* del todo, que cantasen los que tienen voz fea. ¿Y tú?

Fina: Si con ello alivian su tristeza o su ansiedad…

Tita Anastasia: ¿A ti te gusta oír cantar recio al que tiene voz fea? Ni a ti ni a nadie. Pues ya ves, tan vieja y hasta ahora no he averiguado que hay bocas; mejor dicho, almas que nacieron para besar.

Fina: *(Como antes)* ¡Tita Anastasia!

D. Medardo: ¿Cenará usted con nosotros, Alberto?

Alberto: Imposible, don Medardo. Debo marchar a Pilares a presentarme al juez para las últimas formalidades, dando por terminado el absurdo incidente.

D. Medardo: Pues entonces, nada. A Pilares, que nos quedemos tranquilos de una vez.

D.ª Lola: *(Han salido todos con don Medardo)* Entonces nos despedimos de usted ahora, hasta…

Alberto: Hasta mañana, doña Lola.

D.ª Lola: Dios lo haga.

Alberto: *(Tendiéndole la mano)* Leonor…

Leonor: ¿Hasta cuándo?

Alberto: He dicho que hasta mañana.

Leonor: Veremos…

Alberto: Tita Anastasia.

Tita Anastasia: Vaya usted con Dios.

Hurtado: Le acompaño un trozo *(Sube al altozano)*

D. Medardo: Le acompañamos. *(Sube al altozano)*

Fina: ¿Vendrás mañana?

Alberto: Vendré.

D. Medardo: Vamos…

Fina: ¿Y el sombrero?…

Alberto: No sé… acaso en la tapia… *(Leonor ha subido al altozano con Hurtado)*

Leonor: Aquí no hay nada.

D.ª Lola: Busca bien. *(Sube al altozano. Tita Anastasia ve el sombrero sobre la mesa, lo toma y lo oculta bajo su delantal)*

Tita Anastasia: ¿A que lo llevé dentro con mi sombrilla? Voy a buscarlo. *(Fina no ha soltado la mano de Alberto)*

Hurtado: *(Desde el altozano)* La casualidad conspira en favor suyo, Alberto. Decídase a no marchar de aquí nunca más.

Alberto: Sí… sí… *(Suena la flauta. Ha oscurecido. Luce la luna)*

Hurtado: Chist… El gañán misterioso. *(Sigue la flauta. Los del altozano dan la espalda. Pausa breve)*

Alberto: Te quiero, Fina, te quiero. *(Muy tenue)*

Fina: Alberto. *(Muy tenue)*

Alberto: La dura
        piedra del corazón –muela
        que muele pan de esperanza
        con simiente de experiencia–,
        la dura piedra se ha vuelto loca.
        A la ventura, gira y voltea.
        Se ha enternecido, volatilizado,
        como nube, que del pecho sombrío sale fuera,
        y por el cielo, a la ventura,
        va resbalando, efímera… y eterna.
        (La besa. Sale Tita Anastasia con el sombrero. Al ver el grupo de Fina y Alberto vuelve a esconderlo bajo el delantal, e inicia el mutis)

Tita Anastasia: ¡Acerté!

TELÓN

ACTO SEGUNDO

Don Medardo pasea hondamente preocupado. Sale de la casona la criada, que hace mutis por el foro y vuelve luego sin frase.

D. Medardo: ¿Diste a Fina mi encargo?

Criada: Sí, señor; hace rato. La señorita Leonor y la señorita Fina, estaban bañando a Telín. ¡Madre mía, y qué modo de patalear y qué berrinche el del neñín de Dios! Díjome la señorita Fina que, en terminando de fajar al chiquitín, vendría acá abajo. *(Mutis)*

D. Medardo: Bien está. *(Sigue sus paseos. Habla en voz alta, ensayándose)* Yo, hija mía, desde que supimos la granujada de tu cuñado Telesforo... ¿Eh? ¿Granujada? Me parece muy fuerte... Desde que supimos la... la desgracia... ¿Desgracia? Me parece muy flojo... Desde que supimos la... la... la gandulería... ¡justo, sí!, la gandulería...

Fina: *(De la casona)* Aquí me tienes, papá...

D. Medardo: Siéntate, Fina.

Fina: Permíteme que esté en pie, papá.

D. Medardo: Como quieras. Yo, hija mía, hace algunos días que pienso hablarte, desde que supimos la... la... bueno, la gandulería... eso es; la gandulería de tu cuñado Telesforo... Voy a hacerte una proposición, pero conste que no te obligo a nada. Yo aconsejo, fundándome en el amor de hermana a hermana; tú determinas. Tú no te casarás nunca. *(Fina silenciosa, inmóvil. Pausa)* ¿Es qué piensas casarte? Porque entonces nada tengo que decir. *(Pausa)* Supongo que el dichoso Alberto de nuestros pecados —¡quién lo hubiera sospechado de él, un muchacho que parecía tan higiénico!— supongo que habrá muerto para ti, después de dos años de trotar por esos mundos con mujeres de toda laya. Hablo en *pótesis*. ¿Entiendes la palabra?

Fina: Sí, papá.

D. Medardo: Las lenguas *vituperinas* de los señoritos del Círculo cuentan y no acaban las hazañas tan poco higiénicas de tu exnovio *per elculan elculorum amen*. Él en Madrid, enrolado, según dicen, en la antihigiénica bohemia literaria, como un desalmado cualesquier; él allá viviendo en compañía de mujeres del hampa, tan poco higiénicas… y, finalmente, ahora en Inglaterra, en amoríos con la hija de una bayadera, que no sé lo que es, pero desde luego no es nada higiénico… *(Fina inmóvil. Pausa)* Aún más, en el momento presente totalmente arruinado por la gandulería de tu cuñado Telesforo, a quien Dios haya perdonado.

Fina: *(Con sobresalto)* ¿Ha muerto?

D. Medardo: Quiero decir, que Dios lo tenga de su mano. Bien sabes que tu exnovio puso en la banca de tu cuñado Telesforo cuantos valores poseía y, naturalmente como ese aturdido de Hurtado… —¡pobre Leonor!— con su sistema moderno —para que hablen mal de las antiguallas— con su sistema moderno se ha cogido los dedos en cuatro millones de pesetas, resulta que Alberto está ni más ni menos que en paños menores, como vulgarmente suele decirse. *(Fina sale de la casona)*

D. Medardo: ¿Qué nos quieres? *(Malhumorado)*

Tita Anastasia: ¿Quién de los dos se está confesando?

D. Medardo: Extrañárame a mí que no te diera en la nariz el olor de este guiso… Anda, anda junto a Leonor. ¿Cómo sigue?

Tita Anastasia: Inconsolable; que si Telesforo fue siempre un niño, que si en los últimos tiempos andaba muy preocupado por los negocios, y ¡Ay, mi Teles! ¿Por qué no habría acudido a papá?, que él le hubiese ayudado…

D. Medardo: Oh, lo que es eso…

Tita Anastasia: Y dale conque en muy poco tiempo su Teles hará fortuna en América, y volverá y resolverá todas sus cosas…

D. Medardo: Bien pudiera ocurrir… Después de todo, esto no ha sido más que un aturdimiento… un error de cálculo…

Tita Anastasia: Sí, ¿eh? Y, ¿por qué no escribe?

D. Medardo: Ves tú, eso sí que es imperdonable… No haber puesto siquiera una carta a su viuda…

Tita Anastasia: Pero ¿ha muerto?

D. Medardo: Para el caso es igual… porque fugado de España y reclamado por la Justicia, dime a mí si su mujer y su hijo no son huérfanos. Hablo en *pótesis*.

Tita Anastasia: Ya decía yo que me daba muy mala espina… y mira si acerté… Al final nos resulta un ladrón y un gorrino…

D. Medardo: ¡Anastasia!…

Tita Anastasia: Que se ha llevado cuánto dinero ha podido para ir a gastárselo en América con un indecente plumero.

D. Medardo: ¡Anastasia!

Tita Anastasia: Cuando yo decía que me daba muy mala espina.

D. Medardo: Cualquiera diría que te alegras.

Tita Anastasia: Tienes razón, Medardo. ¡Dios me perdone! ¿Cómo me he de alegrar? La pobre Leonor… ¡Dios me perdone!

D. Medardo: ¡Dios nos perdone! ¿Y el nieto?

Tita Anastasia: Ahora se quedó dormido.

D. Medardo: Anda, anda junto a Dolores y Leonor.

Tita Anastasia: Voy. *(Medio mutis y sale a escuchar, ocultándose)*

D. Medardo: ¡Tu tía Anastasia tiene la mollera *herpéticamente* cerrada! Reanudemos muestra plática. Quedamos pues en que tú no te casarás nunca.

Fina: A eso nada puedo responderte, papá.

D. Medardo: ¿Es que al fin te decides por Andújar? Creí que ya se había cansado de pretenderte y que tú habías resuelto no casarte. Veo que me he equivocado y me alegro. Andújar es un hombre formal, la *antiestética* de aquel Alberto de nuestros pecados. Andújar con su carrera de ingeniero de minas, una carrera muy higiénica… Te declaro paladinamente que me hubiera gustado para yerno.

Fina: Andújar ya ha renunciado a que le corresponda.

D. Medardo: Ya me parecía a mí que el muchacho, a causa de tu indiferencia, se encontraba *prohibido.* ¿Entonces, tienes novio sin que yo lo sepa?

Fina: No, papá.

D. Medardo: ¿Entonces? ¡Ah! *(Dándose un golpe en la frente)* ¿Hablas en *pótesis*?

Fina: Sí, papá.

D. Medardo: Bien. Fina, hija mía, ¿no dudarás de mi cariño?…

Fina: No, papá.

D. Medardo: Pues bien, voy a hablarte también en *pótesis*. Yo creo que tú no te casarás nunca, y por eso voy a hacerte una proposición. Con la mano sobre el pecho te digo que los cien mil duros que Telesforo se ha llevado eran de Leonor. Cuando yo se los di se lo puse muy claro: sepa usted que este dinero es un anticipo de lo que a su mujer le había de corresponder por herencia. Es decir, que ahora Leonor tiene cien mil duros menos que tú. A tu conciencia dejo decidir si esto es justo entre hermanas, porque ¿qué culpa tiene la pobre Leonor? Además, ella es casada, mejor dicho viuda, y tiene un hijo…

Fina: ¿Qué quieres que haga yo, papá?

D. Medardo: ¿Qué te dice la conciencia? No te dice que lo justo es que todo el dinero que me queda se reparta entre las dos *equidistantemente*, como si la pérdida no la hubiese sufrido ella, sino yo ¿No te lo dice la conciencia?

Fina: La conciencia no me dice nada, papá.

D. Medardo: ¡Ay, Fina!

Fina: Pero me lo dice el corazón. No sé para qué me preguntas esas cosas. Yo no necesito nada, y si algún día como dices tengo algo, ya sabe Leonor que será suyo también. Luego, lo del matrimonio, ¿qué tiene que ver con esto, papá? Si alguno pretendiera casarse conmigo por dinero, ¿me había yo de casar con él? ¿No había de conocer sus intenciones?

D. Medardo: Acércate a mí, Fina, que te bese. Eres un ángel.

Fina: No seas niño, papá. Cualquiera diría que acabo de hacer una heroicidad.

D. Medardo: Heroicidad, hija mía, y grande. Tanto, que yo no quiero apresarte tan pronto por la palabra. Piénsalo bien y otro día hablaremos.

Fina: Por pensado, papá. Te lo he dicho una vez, y basta.

D. Medardo: Dios te bendiga, eres un ángel... un ángel... Lola, Leonor... *(Mutis casona)*

Tita Anastasia: Lo que yo me temía. No sé cómo me he podido contener. Si tengo un olfato... ¡Mal padre; sin entrañas! *(Increpándolo)*

Fina: ¡Tita Anastasia!...

Tita Anastasia: Si tengo un olfato; boba, más que boba.

Fina: Tita Anastasia, tan enfadada cómo estás, y tú hubieras hecho lo mismo que yo he hecho. No me digas que no, porque sé que lo hubieras hecho. Si no lo hicieras serías mala, y tú no lo eres, ¿verdad? ¿verdad, tita Anastasia?

Tita Anastasia: Sí, palombina, tienes razón. Pero lo de tu padre está muy mal hecho.

Fina: Si yo he hecho bien, tita Anastasia, es que lo que me propuso papá estaba bien, porque nunca está bien aceptar una cosa que está mal, ¿eh?

Tita Anastasia: ¡Qué sé yo!

Fina: Vamos a ver. Si el dinero que tiene papá fuese tuyo, tita Anastasia, ¿qué harías de él al morir?

Tita Anastasia: Dejártelo a ti sola.

Fina: *(Dulcemente)* Eso sí que no está bien.

Tita Anastasia: Tú eres la que más me quieres, acaso la única que me quiere.

Fina: Es decir que para ti, tita Anastasia, las personas valen aquello que tú crees que vales para ellas; tanto me quieres, tanto te pago. Pero como yo te conozco, tita Anastasia, sé que no es verdad; que los quieres a ellos mucho, y que te haces la ilusión de no quererlos porque se te figura que ellos no te quieren; y que si aquel dinero fuese tuyo lo dejarías a todos por igual.

Tita Anastasia: *(Estallando de emoción, ríe y llora)* Cristo del Rosario ¡qué neña! Talmente como que lee dentro de una. *(Tartamudeando)* Pero a ti... a... ti... te quiero más que a na... die, palom... bina; a ti te quiero más que a nadie. *(La besa frenéticamente repetidas veces)*

Fina: También lo sé, tita Anastasia.

Tita Anastasia: Sábeslo, sí, y sabes que todo lo que me dices tiene que ser como tú lo dices. Tú eres bruja, mi alma. Las veces que me dijiste de Alberto que volvería: Volverá, volverá. Yo no podía creerte. Pero tenías tanta confianza...

Fina: Y volvió.

Tita Anastasia: Sí. Dicen que está en Pilares, pero nosotras no lo hemos visto entodavía.

61

Fina: Ya lo veremos. Por eso y a pesar de todo, tita Anastasia, estoy contenta con la gandulería de Telesforo, como dice papá, y agradecida a Dios, que se sirve de ese medio para que Alberto vuelva a Pilares a emprender nueva vida. *(Aparece la criada con el niño)* Mira quién está aquí, tita Anastasia. *(Corre a tomarlo en brazos)* Telín, Telín… ¡vida! Dejámele un rato. *(Mutis criada)*

Tita Anastasia: Hijo de mi vida, y qué feo es. Sale a su padre. *(En altozano aparecen los hijos de Alfonso del Marmol, Rafael, 12 años, Felipe, 10 años, Pepita, 8 años, y Alfonso, 6 años. Todos guapos, retozones, encendidos los rostros, desaliñado el indumento. Con ellos entra en escena una oleada de alegría)*

Rafael: ¡Fina!

Felipe: ¡Fina!

Pepita: ¡Fina! *(Con gran alborozo)*

Alfonso: ¡Fina! *(Suena la bocina de un auto)*

Los 4: Tita Anastasia. *(Cogidos de la mano, juegan al corro enrededor de tita Anastasia, que los mira aterrada. Los chicos cantan)* Quisiera ser soldado de cataluñaaa… Ay, ay… de cataluñaaa… *(En el altozano aparece por la derecha Marmol sigilosamente)*

Tita Anastasia: Pero miren qué diaños…

Los 4: Ja, ja, ja… *(Rompen la cadena)*

Rafael: *(A Fina)* Enséñanos ese niño. *(Todos lo miran en silencio)*

Felipe: ¡Qué feo es! ¿Es tuyo?

Rafael: Calla, mazcayo, tonto; si es soltera.

Felipe: Eso ¿qué tiene que ver?

Rafael: Tú yes bobo.

Felipe: *(Ve a Marmol)* ¡Papá!

Todos: ¡Papá!

Rafael: ¿Tú no conoces a papá, Fina?

Fina: Adelante, adelante. *(Da el niño a Tita Anastasia)*

Marmol: *(Avanzando)* Estos mocosos siempre me dicen que son muy amigos de usted.

Rafael: Como que lo son.

Felipe: Y además decimos que es muy guapa.

Marmol: Eso no tenéis necesidad de decírmelo vosotros. *(Fina da las gracias con la cabeza, sin afectación ni coquetería)*

Marmol: ¿No van ustedes de paseo? Están estas tardes tan hermosas…

Fina: Y tanto… pero Leonor y papá están maluchos…

Rafael: Entonces jugaremos a la gallina ciega.

Fina: Es lo que más les divierte.

Marmol: A la gallina ciega… No está mal. Acaso yo vuelva a jugar con vosotros.

Rafael: ¿Tú, papá? *(Ríen los chicos)*

Marmol: No os mováis de aquí. He tenido un gran placer… *(A tita Anastasia)* Señora…

Fina: Mi tita Anastasia… *(Marmol se inclina)*

Marmol: Adiós.

Fina: Adiós, y que sea enhorabuena.

Marmol: ¿Por qué?

Fina: Por estos chicos tan guapos que tiene usted.

Marmol: Muchas gracias. Adiós, y que sea también enhorabuena.

Fina: ¿Por qué?

Marmol: *(Ya en el altozano)* Por ahora no hago más que darle la enhorabuena, y dármela a mí por haber tenido el honor de conocerla y estrechar

su mano. *(Los chicos suben al altonazo)* No os
mováis de aquí… Adiós. *(Mutis derecha)*

Rafael: ¿Vamos, Fina? *(Se sube sobre el pretil)*

Tita Anastasia: Estaivos quietos, rapacinos, por
amor de Dios. Son los mesmísimos diaños.
Claro: de tal palo, tal astiella.

Fina: Ea, tita Anastasia, que no quiero que hagas
suposiciones a costa de ese señor.

Tita Anastasia: Él, parecer parece muy simpático. Y
te miraba de una manera… Dicen que es un
calaverón.

Fina: Dicen, dicen… Tita Anastasia, ¿tú te guías por
lo que dicen?

Tita Anastasia: Líbreme Dios, palombina. Tú
siempre tienes razón. *(Mutis casona)*

Fina: Anda, acuesta a Telín.

Rafael: Fina, pero ¿no jugamos?

Fina: Sí, hombre, sí; ahora mismo. *(Sube al altozano)*

Felipe: ¿Quién se queda?

Rafael: Fina…

Fina: No, no, a suertes…

Rafael: No, no, tú te quedas…

Todos: Tú, te quedas…

Fina: Bueno… *(Saca el pañuelo)* Toma… *(Rafael le
venda los ojos)* Uf… no tanto… ¿Ya?

Todos: Sí… *(Los chicos corretean enrrededor de Fina, con
gran algazara. Aparece Alfonso del Marmol que trae,
bien cogido del brazo, a Alberto, el cual se deja
arrastrar sin voluntad. Al ver a Fina, humilla la frente
y queda inmóvil. Los chicos, sorprendidos por la
aparición de su padre y Alberto, quedan suspensos.
Marmol indica a los chicos que le sigan, y desaparecen*

por la izquierda. Alberto cae de rodillas en el momento en que Fina va hacia él)

Fina: *(Da unas vueltas)* Pero… Alfonsín… Felipe… ¿dónde estáis?… *(Su mano se posa en la cabeza de Alberto)* Bobo… ya te tengo… *(Se quita la venda)* ¿Eh?

Alberto: Fina…

Fina: Te esperaba.

Tita Anastasia: *(Queda en la puerta)* ¡Bendito sea Dios! *(Oscuro total que dura un instante. Aparecen, sentados, doña Lola y don Medardo, junto a ellos. Tita Anastasia en pie. Fina en el altozano. Un poco antes de la aparición de Alberto hará mutis derecha por donde luego saldrán juntos)*

Tita Anastasia: Te digo que todavía no salgo de mi sorpresa. Él, arrodillado como un santín, y Fina… ¡neña de mi alma! ¡Grande y generoso corazón el suyo, que tan presto perdona y olvida agravios, ingratitudes y desdenes! Y habías de ver que presto ligaron la conversación mesmísimamente, como si pocas horas antes la hubieran suspendido…

D. Medardo: Quiera Dios que no nos cueste caro.

D.ª Lola: ¡Quiéralo Dios!

Tita Anastasia: Ahora va de veras. Medardo, yo conozco el mundo mucho mejor que tú, que siempre has vivido con los ojos cerrados como un cerdín recién nacido. Fina sería dichosa, tan dichosa como ella se merece.

D. Medardo: ¿Y lo pasado?

Tita Anastasia: No importa.

D.ª Lola: ¿No importa?

Tita Anastasia: Lo que dije a ellos, digo a ustedes. No se debe volver el rostro al pasado, y si por ventura lo arrastramos a la zaga, fuerza es desasirnos de su pesadumbre. Cuando la raposa cae en el cepo, dicen que se roe la pata hasta que se la troncha, y huye con las tres sanas. El granizo de antaño no daña la flor de hogaño. *(Suenan risas)* Ahí los tenéis. ¿No hay más que oírlos?... Serán dichosos. *(Mutis por la casona. Alberto y Fina, cogidos de la mano, aparecen en el altozano. Ella risueña, él dichoso y transformado. Habla en tono brillante. Descienden juntos y ágiles)*

Alberto: ¡Doña Lola!

D.ª Lola: Es usted otro.

Alberto: Don Medardo *(Fuerte saludo)*

D. Medardo: Que feliz cambio éste. *(Fina sonríe)*

Alberto: Tengo el honor de presentarme a ustedes... *(Con énfasis cómico, muy teatral)* como uno de aquellos santos juveniles, gloriosos y esforzados que mataban dragones y vestiglos

D.ª Lola: Alabado sea Dios.

D. Medardo: Vamos a ver, vamos a ver...

Fina: Explícanos qué dragones has matado.

Alberto: Pues he matado al más fiero de los dragones, cuyo aliento me envenenaba, cuyos mil ojos me paralizaban y cuyas cien bocas se abrían, no para devorarme, peor aún, para burlarse de mí.

D.ª Lola: ¡Ave María Purísima!

Alberto: Ese dragón se llamaba el Ridículo. Convencido de que está muerto y bien muerto, ya no tengo miedo de él. ¿Qué tal? He aquí una página de la leyenda dorada de mi vida. *(Alberto*

sonriente va hacía Fina. Ríen los dos. Mucha viveza en Alberto)

D.ª Lola: ¿Entiendes esto?

D. Medardo: Vamos despacio. Principio quieren las cosas.

Fina: Pero ¿de veras tenías tanto miedo a la opinión ajena?

Alberto: A la opinión ajena jamás. A la mía propia. Ya ves si ahora hablo por los codos, y en ocasiones con tanta fogosidad e incoherencia que tú misma quedarás asombrada y confusa. No soy el mismo de hace dos años, ¿eh?, ni el mismo de hace dos días. ¿Verdad, doña Lola? ¿verdad, don Medardo?

D.ª Lola: Desde luego que no.

D. Medardo: Hablas como un libro. No eres el mismo.

Fina: No eres el mismo, no. Y yo, si esto es posible, te quiero más ahora, es decir, me gusta más que seas como eres ahora.

Alberto: Y es que antes, para todos mis actos, para todos mis sentimientos, para todas mis ideas, había un aduanero o cancerbero inexorable aquí. *(El dedo índice entre las cejas)* Era el dragón.

D.ª Lola: Jesús.

Fina: Ya, ya. No diré que un dragón, pero que tenías ahí un bichito muy molesto, te lo conocía yo en que no dejabas quieta la frente un minuto. Como que te han salido arrugas.

D.ª Lola: Fina por Dios, ¡qué sosa eres!

Alberto: *(Interrumpiéndola)* El verdadero ridículo es la consciencia de la desproporción entre el propósito y el acto. ¿Aburro?

Fina: ¿Aún colea el bichito? Sigue, hombre, sigue.

D.ª Lola: No le entiendo.

D. Medardo: Habla en *pótesis*.

D.ª Lola: ¡Ah!

Alberto: Y como para los espíritus delicados el verdadero y temible ridículo es para consigo mismo.

Fina: Se tumba uno a la bartola y no hace nada, porque como las cosas nunca resultan a la medida del deseo, resulta que siempre se pone uno en ridículo. Por ahora todo está bastante claro.

D. Medardo: Muy claro.

Alberto: Me encanta oírte hablar y discurrir, Fina.

Fina: Lisonjero y adulador no te quiero, ¿eh? …lo que me asombra es que te costara tanto tiempo y trabajo matar ese bichito.

Alberto: Para mí era un dragón.

D. Medardo: Justamente, hija, y matar un dragón, ¿eh? ¡Ah!…

Alberto: Un dragón incubado durante seis años de educación claustral, en la que día por día fueron ligándome al alma y apretándome fuerte con la soga del temor al ridículo, embotándola con la idea de la inutilidad del esfuerzo aquí abajo, en la tierra. Cuando se cree, después de estos seis años se hace uno fraile o se entrega uno a ellos como un cadáver. Cuando no se cree…

Fina: Comprendo lo que has sufrido…

D.ª Lola: ¿Qué dice ahora?

D. Medardo: Habla de meterse fraile.

D.ª Lola: ¿Es posible?

Alberto: Pero ya está muerto y bien muerto el dragón, don Medardo. Esta mañana me he levantado dispuesto a apresurarme. Muchas veces me había dicho: hay que hacer, hay que apresurarse, que vas con retraso por la vida, mas el terrible dragón neutralizaba mis impulsos. Pero hoy no, hoy no. Estoy determinado en reconstruir mi vida en un plazo que no excederá, creo yo, de dos años, de manera que al cabo de ellos pueda dignamente decir a usted, señor mío, me voy a casar en seguida con Fina.

D. Medardo: ¡Bien muerto sea el dragón!

Alberto: Sí, don Medardo, y también, ¡bien haya la pobreza!

D. Medardo: ¡Hombre!

Alberto: Gracias a ella he logrado encontrarme a mí mismo, decidirme. He precisado, para reaccionar, verme ante la realidad brutal de la vida. Cuando recibí en Inglaterra el telegrama de Marmol, anunciándome mi ruina, mi alma despertó. Hasta entonces, había soñado. Ya en Pilares, encerrado en la habitación de la fonda, me pasaba los días melancólicamente, con las manos vacías e inactivas, tendidas hacia lo porvenir y sin saber con qué llenarlas. ¿Para qué sirvo yo?, me preguntaba. Y respondíame con angustiosa sinceridad: no sirves para nada, porque estás podrido de molicie, porque el solitario deleite de soñar y pensar como por gusto te ha corroído hasta los huesos, porque en tu pereza miserable crees que la vida –que es anterior y superior a tu persona– no vale nada en sí, sino en sus ornamentos, con los cuales quieres adornarte y gozar.

D. Medardo: ¡Oh!

Alberto: Y maquinalmente murmuraba en voz alta: y es verdad; que la vida no vale nada en sí, sino en sus ornamentos.

D. Medardo: ¿En sus ornamentos? ¡Ah! ¿Eh?

D.ª Lola: Pero, ¿qué dice?

D. Medardo: Ya lo oyes, mujer… eso, ya lo oyes.

Alberto: Pensaba en todas las vidas oscuras y sórdidas, huérfanas de goces físicos y de placeres intelectuales; en los seres que habitan casas oscuras, feas o miserables, rodeados de objetos feos, sucios o miserables, y en las frentes abatidas por cavilaciones feas, pobres o miserables. Y me decía: no, nunca. Antes la muerte.

Fina: *(Muy tenue)* ¡Alberto!

Alberto: Para no flaquear, acogíame al orgullo, imaginándome superior a la mayoría de mis semejantes, por sentir más y comprender mejor, y con derecho, por tanto, a exigir la satisfacción de mis necesidades, según mis hábitos y que, en pago, devolvería a la sociedad obras serenas y razonadas, según mis particulares aptitudes. Pero, a pesar de la fórmula, hay que hacer, hay que apresurarse, no lograba decidirme. Llegué a tener miedo. Si ahora te pusieras enfermo, pensaba, te llevarían al hospital.

D.ª Lola: Por Dios, Alberto. ¡Jesús!

Alberto: ¿Por qué? ¿Qué te queda? El panteón de los Díaz de Guzmán, allá en Cenciella… y… y aun cuando pretendía evitarlo, una voz interior me decía... y el amor de Fina... y así, en mis terrores, sin saber por qué, terminaba amparándome en tu amor.

Fina: *(Tendiéndole la mano)* ¡Alberto!

Alberto: Y por el aliento que tú me prestabas, después de hacer examen de conciencia, tracé un plan de mi vida. Primero romper con el pasado. Tiene razón tita Anastasia: el pasado es el cepo; y el espíritu, la raposa, la virtud astuta con que burlar las celadas de la fatalidad. Cuando la raposa cae en el cepo, se troncha la pata y huye.

Fina: Y segundo.

Alberto: Segundo. ¿Hacer qué? Cualquier cosa, ¿qué importa? Hacer, hacer. A los 32 años, y por obra de la adversidad, me hallo con las manos vacías e inactivas. Esto no es posible. Hay que apresurarse, hay que hacer...

D. Medardo: Pero bueno...

Alberto: *(Siempre con viveza y sin abandonar el matiz cómico ni el tono brillante y teatral)* Estoy dispuesto a trabajar conforme al Evangelio de San Francisco.

Fina: ¿Una especie de labor religiosa?

Alberto: Y tú dirás, ¿en qué? ¿En qué? ¿En qué? Voy a escribir para el público.

D. Medardo: ¿Y por qué no lo ha hecho usted antes, hombre de Dios?

Alberto: Por temor al ridículo. Por nada del mundo me hubiese aventurado a lanzar mis ensayos al juicio de la gente, temeroso de que me preguntasen: ¿imagina usted, de buena fe, señor

71

Guzmán, que el sistema cósmico o la especie humana no cumplirían cabalmente sus destinos si usted no sacase el pecho fuera a comunicarnos sus particulares ideas y sentimientos? Y tendrían razón; porque la mayor parte de los artistas que por ahí andan exigiendo nuestra admiración me parecen tan enojosos, impertinentes y ridículos como esas floristas viejas que en los vestíbulos de los teatros se obstinan en colocarnos en el ojal una flor mustia.

Fina: *(Recordándole)* Pero como has vencido al dragón...

Alberto: Cierto, cierto... Ahora bien; no es posible triunfar en las letras sin establecerse de asiento en Madrid. Este que pido es el último plazo. Quince mil pesetas que he podido rescatar, por vía de apremio a un antiguo deudor que pretendía estafármelas, me aseguran un par de años de vida modesta... a trabajar. ¿Qué dice usted, don Medardo?

D. Medardo: Yo, hijo mío... ¿qué quieres que te diga? Comprendo que el artillero siempre al pie del cañón, claro es. El corazón me dice que ahora va de veras, y que no te has de olvidar de Fina. Por lo tanto, te digo: a subir, a subir a la cúspide. El mundo es para ti. Siempre he pensado que tú no has nacido para llevar una vida antihigiénica y oscura, sino para brillar sobre el común de las gentes. De antemano nos enorgullecemos de que con el tiempo el sordo y oscuro apellido de los Tramontana, vaya ensamblado, como quien dice, a un nombre rimbombante y glorioso. No dudamos que, a la vuelta de un año, bastará un solo año, Alberto Díaz de Guzmán habrá llegado a la cúspide de la gloria... y luego, nada de viajecitos de Madrid acá, a cada tres por cuatro. El tiempo es oro, hijo mío, y ya no sois unos chiquillos. A subir, hijo mío, a subir a la cúspide... *(Se le rompe la voz)*

Alberto: Gracias, don Medardo. Eh, ¿qué es eso?

D. Medardo: La emoción de la ... de la...

D.ª Lola: ¿Cuándo piensa usted marchar?

Alberto: Mañana mismo. Vendré a despedirme.

D. Medardo: Pues hasta mañana... Iremos nosotros a Pilares.

D.ª Lola: Hasta mañana.

D. Medardo: Y perdona que la emoción de la... de la... Vamos, Lola...

Alberto: ¿Qué tienes? *(Fina entristecida)*

Fina: No sé.

Alberto: ¿Crees en mí?

Fina: Creo, sí.

Alberto: ¿Entonces?

Fina: Creo en la sinceridad de tus propósitos...

Alberto: ¿Nada más?

Fina: Y en tu cariño...

Alberto: ¿Nada más?

Fina: ¿Qué más?

Alberto: ¿Y en mi constancia?

Fina: ¿En tu constancia?

Alberto: En mi constancia también.

Fina: También.

Alberto: ¿Nada más?

Fina: Y en tu triunfo también creo.

Alberto: *(Con fuego)* Gracias, Fina. Mi alma se ha concentrado dentro de mi pecho, como un ser desnudo y virgen, y sólo por ti vibra, anhelando huírseme de entre los labios e ir a templarse en tu alma, penetrando por las puertas diamantinas y misteriosas de tus ojos, para luego salir al mundo hasta coronar su obra y decir su palabra de revelación.

Fina: Loco, loco…

Alberto: Y es que veo y siento tu alma a semejanza de una suavidad magna, densa y fragante, como un lago de óleo perfumado.

Fina: ¡Alberto!

Alberto: Y antes de ir a confundirme con los hombres y participar de sus luchas, enarbolando mi divisa, quiero hacer invulnerable mi alma, bañándola hasta el éxtasis en la tuya… Fina, Fina… *(Beso)*

Fina: No sé… no sé… Cuando me exaltas así, tengo miedo de que tu exaltación presente se alimente a costa de tu constancia… Si yo soy una criatura insignificante y humana, Alberto…

Alberto: Y humano y asequible es anhelar tener

> Sobre la almohada, el lóbrego
> caudal de tus cabellos,
> para que, reposando
> en su fluir sedeño,
> beba yo el dulce olvido
> de todo mal pretérito,
> como si me abrasase
> en el suave Leteo.

El arco de tu frente
de marfil y pureza,
sea arsenal en donde
se guarden las ideas
nobles que armen el brazo
frágil de mi flaqueza.

Tus ojos, dos cristales
caídos del misterio,
del elevado muro
que cierra el firmamento.
Sean, para mi espíritu
caprichoso y enfermo,
ventanales por donde
se asome hacia el eterno.

Tu boca, sea la lumbre
de perdurable brasa,
que convierta en recóndito
templo muestra morada,
y tu risa la firme
columna de mi casa.

Que tus brazos desnudos,
redondos y morenos,
cuando en amor me ciñan
se eleven a mi cuello,
como si los alzases
dando gracias al cielo.

Tus pies —leves y alados
con la virtud gloriosa
de deslizarse al modo

del canto y del aroma—
para que los halague
el beso de mi boca,
como besando el ala
tibia de una paloma.

(Se besan. Sale Tita Anastasia con el pequeñín en brazos)

Tita Anastasia: ¡Alabado sea Dios! Ejem, ejem... Telín, Telín... Con sinceridad, Alberto, ¿usté encuentra al pequeñín tan feo como algunos dicen?

Alberto: Nada hay que sea feo, tita Anastasia.

Tita Anastasia: ¿Cómo? Por lo menos hay cosas que son más guapas que otras.

Alberto: Nada hay que sea más guapo qué otra cosa, tita Anastasia.

Tita Anastasia: Entonces, ¿por qué se ha enamorado usted de Fina, y no de mí?

Fina: Aún está a tiempo, tita Anastasia.

Tita Anastasia: Calla tú, zalamera. ¡Pobre Telín!... Huérfano de padre, como dice su abuelo. ¿No cree usted, Alberto, que lo que ha hecho Hurtado es una acción muy mala?

Alberto: Nada hay que sea mala acción, tita Anastasia.

Tita Anastasia: ¿Ni el robar?

Alberto: Ni el robar.

Tita Anastasia: ¿Ni el matar?

Alberto: Ni el matar.

Tita Anastasia: ¡Ave María Purísima! Qué ideas tan particulares tiene usted. *(De pronto)* Vamos a ver: ¿qué es la verdad?

76

Alberto: Una vez se lo preguntaron a Pilatos, y se lavó las manos.

Tita Anastasia: ¿Y qué quiere decir eso? Que es verdad lo que se toca con las manos. ¿Eh?

Alberto: También puede querer decir que se debe tener muy limpia la piel, de manera que no ocurra que cuando creamos estar tocando una cosa, estemos tocando sólo nuestra propia inmundicia.

Tita Anastasia: ¿Usted va a misa, Alberto?

Alberto: No, tita Anastasia.

Tita Anastasia: Usted dice que todo es guapo, que es lo mismo que decir que todo es feo. Usted dice que todo está bien, que es lo mismo que decir que todo está mal. Usted dice que [para conocer la verdad] hay que lavarse las manos, y esto se me figura que es lo mismo que decir que no se puede conocer la verdad. Y usted no va a misa, que es lo mismo que no creer en Dios. Y sin embargo, me parece usted un santín... ¡No me lo explico, no me lo explico! *(Mutis por derecha)*

Fina: ¡Pobre tita Anastasia! La tienes subyugada. De esta vez ha puesto en ti una fe tan ciega, casi tanto como yo. Y se la ha comunicado a todos. Es tu mayor defensora.

Alberto: Espero que no habrá de arrepentirse.

Fina: Vivirá con nosotros...

Alberto: En nuestra casa, blanca y sencilla, lejos del mundo y de los hombres vanos. *(En el fondo, tita Anastasia)*

Fina: Vivirá con nosotros siempre, siempre.

Alberto: Y besará, con amoroso tino, el rostro sonrosado y sonriente del infante gentil que hayamos hecho en minutos de amor, puro y ardiente.

Tita Anastasia: Sí, señor. Viviré con ustedes, y vaya suegra que le ha caído en suerte.

Alberto: Tita Anastasia.

Tita Anastasia: Mi sobrino Medardo me ha dicho que marcha usted a Madrid…

Alberto: Sí, tita Anastasia…

Tita Anastasia: Y que usted le ha dado su palabra…

Alberto: Sí, tita Anastasia…

Tita Anastasia: De esta vez, creo en usted.

Alberto: Gracias, tita Anastasia.

Marmol: *(En altozano)* ¡Caramba, don Alberto!… Tita Anastasia, buenas tardes…

Tita Anastasia: ¡Don Alfonso!

Fina: Felices, don Alfonso.

Marmol: Y ahora, soy buen catador de personas, ¿sí o no? ¿Cuándo es la boda?

Alberto: A mi regreso de Madrid.

Marmol: Señorita Fina, respondo de él. Soy buen catador de personas. ¿Viene usted para Pilares? Le llevo en mi coche.

Alberto: Vamos entonces.

Marmol: En el de julio espero. Nosotros hasta mañana…

Tita Anastasia: Hasta mañana.

Fina: Adiós, don Alfonso…

Alberto: Fina…

Fina: Hasta mañana, iré con papá a Pilares… *(Sube al altozano)*

Alberto: Tita Anastasia…

78

Tita Anastasia: Nosotros ya no nos veremos, hasta que usted regrese…

Alberto: Pues hasta la vuelta…

Tita Anastasia: Hasta la vuelta… *(Alberto le besa la mano)*

Alberto: Adiós, tita Anastasia.

Tita Anastasia: Adiós… *(No suelta las manos de Alberto. Muy bajo…)* Adiós… Neñín… cuando tengas un mal pensamiento… cuando tus propósitos vacilen… aférrate al recuerdo de que dejas aquí a esa santina, palombina de Dios, que espera siempre… siempre… Acuérdate de esa casona, y de estos árboles, y de estas flores, y del palomar, y de las abejas de Fina, y, si puede ser, de esta pobre vieja que te suplica llorando que seas bueno, que seas bueno con la neñina santina, palombina de Dios…

Alberto: Se lo prometo…

Tita Anastasia: Adiós…

Alberto: Fina…

Fina: Hasta mañana. Desde aquí te veré, al pasar el coche junto a los carbayos. *(Se sube en un tronco abatido)*

Tita Anastasia: Señor, Señor… que vuelva… que vuelva y no la olvide…

T E L Ó N

ACTO TERCERO

La escena solitaria. Alfonso del Marmol, siempre con su capa inglesa impermeable y su inevitable caruncho, aparece en el altozano por la izquierda. Escruta la escena, desciende lento y pensativo. Ahora, contempla las colmenas de Fina, y el palomar, y el macizo de claveles, rosas y margaritas; luego la casona y, arañándose la frente, se encoge de hombros y exclama:

Marmol: ¡Alberto! ¡Alberto! *(Después de discernir si llama al cerrado portón de la casona o esperar, opta por lo segundo, yendo a sentarse junto al portón de rojos barrotes. Extrae del bolsillo un periódico y, cuando se dispone a leer, sale la criada de la casona)* ¡Ah!... ¿Están los señores?

Criada: No, señorito, los señores están en Pilares va ya para dos meses.

Marmol: ¡Ah!

Criada: Aquí sólo están ahora la señorita Fina, que está malucha, y su tita Anastasia.

Marmol: No sabía.

Criada: La señorita Leonor y el neñín también están en Pilares. Yo vengo por la matinada, y regreso atardecido, en el jotingo del Correo. Ya marcho. ¿Quiere el señor que avise a la señorita?

Marmol: No, no avises. Prefiero esperar.

Criada: ¿Mándame algo entonces?

Marmol: Que hagas buen viaje.

Criada: Si Dios quiere, señor. Hasta mañana.

Marmol: Adiós. *(Mutis criada por el altozano derecha. Marmol queda impresionado)* Qué está algo malucha... ¡Pobre Fina! *(Por el altozano izquierda, aparece Pía Octavia, más de 30 años, opulenta de carnes. Trae sombrilla de colores vivos. Su indumento algo cocotesco y amanerado. Usa impertinentes. Su incontinencia verbal tiende al grito histérico. Inspecciona la escena y al divisar a Marmol rompe el juego)*

Pía Octavia: Caballero, chisss... caballero... ¡Ay! ¡Ay!... ¡Uf!... Usted dispense.

Marmol: Señora...

Pía Octavia: ¡Jesús que atrevimiento! Perdóneme.

Marmol: De nada, señora.

Pía Octavia: Le he llamado a Vd. sin poderme contener, automáticamente.

Marmol: Mándeme usted, señora.

Pía Octavia: Dirá usted que estoy loca. ¿De veras me dispensa usted?

Marmol: Pero ¿de qué? Si es por haberme llamado, debo agradecérselo.

Pía Octavia: Amabilísimo *(Desciende resuelta por la escalinata del centro)* Su huerta es muy bonita. La he visto al pasar. El jardín, no tanto.

Marmol: ¿No?

Pía Octavia: Digo que no lo he divisado bien, por los árboles. Parece que tiene usted muchas flores.

Pía Octavia: Todas a su disposición...

Pía Octavia: No será tanto... *(Coquetea)* Ya tendrá usted algunos compromisos.

Marmol: ¡Qué tontería! Je, je, je... Ahora es usted la que tiene que perdonar. Je, je, je...

Pía Octavia: ¿De qué?

Marmol: Una exclamación involuntaria. Je, je, je.

Pía Octavia: No, Si me gusta que me trate con confianza. ¡Ay, ay… ay!… Usted pensará: ¡qué charlatana es Pía Octavia!.

Marmol: No; no pienso tal… ¿Decía usted?

Pía Octavia: Que parece que tiene usted muchas flores.

Marmol: A su disposición…

Pía Octavia: Ya será menos.

Marmol: Le suplico que me deje acabar.

Pía Octavia: ¿Eh?

Marmol: A su disposición las pondría todas si fuesen mías.

Pía Octavia: ¿No es usted el dueño de esta finca?

Marmol: No señora…

Pía Octavia: ¡Ay, ay, ay qué vergüenza! ¡qué atrevimiento! Y yo que me he entrado de rondón creyendo que usted era… *(Va a marcharse)*

Marmol: No es para tanto. Puede usted permanecer cuanto guste. Soy íntimo de la casa.

Pía Octavia: ¡Jesús, Jesús! Y yo que le había confundido a usted con el suegro de Telesforo Hurtado.

Marmol: Es más viejo que yo…

Pía Octavia: Si lograré enfadarlo.

Marmol: Je, je, je…

Pía Octavia: Sí, sí; ríase de mí…

Marmol: Je, je, je…

Pía Octavia: Ríase si le place… porque la verdad es que doy una en el clavo y ciento en la herradura…

Marmol: Je, je, je…

Pía Octavia: ¡Jesús, Jesús, Jesús!...

Marmol: Tranquilícese, Pía Octavia.

Pía Octavia: De Ciorretti.

Marmol: Lo sabía.

Pía Octavia: Pero ¿cómo? ¿Me conoce usted?

Marmol: Quien no conoció en Pilares al matrimonio
Ciorretti...

Pía Octavia: Cierto... cierto.

Marmol: Famoso por su *mylord* con yantas de goma,
y su tronco de magníficos caballos Dante y
Petrarca.

Pía Octavia: ¡Ay, qué tiempos aquellos!...

Marmol: ¿Y quién no recuerda los sombreros
Ciorretti, magníficos chapeos que hicieron
poderosamente rico a su marido de usted, un
italiano mambruno y vigoroso como un
romano de los tiempos de Rómulo?

Pía Octavia: Por favor, por favor... no siga. Aquel
varón privilegiado ha dejado en mi vida un
vacío difícil de llenar.

Marmol: Los duelos con pan son menos... y
Ciorretti dejó a usted al morir buenos miles de
duros con los que neutralizar el dolor de la
viudez.

Pía Octavia: Dejó, sí señor, dejó. Pero, vea usted si
es desgracia; en la actualidad sólo me resta la
casita que en Cenciella adquirió mi difunto. Por
cierto, que es fronteriza a la casa solariega de
los Díaz de Guzmán. Allí conocí a Alberto, el
que estuvo para casarse con Fina, la cuñada de
Telesforo Hurtado.

Marmol: ¡Ah! ¿Lo conoció usted?

Pía Octavia: Fuimos amiguísimos… Bueno, comprenderá usted el verdadero sentido de mis palabras… ¿pero amiguísimos?

Marmol: ¡Ah!

Pía Octavia: ¿Eh?

Marmol: Amiguísimo.

Pía Octavia: Y él ingratísimo, como todos los hombres. Pero, ¿qué iba yo diciendo? Ah, sí; pues que en la actualidad sólo me resta la casita de Cenciella, porque la totalidad de lo que dejó Ciorretti la puse en la banca de Telesforo Hurtado –ingratísimo también y además un canalla que me ha dejado a la luna de Venecia, como suele decirse.

Marmol: ¿Es usted otra víctima de la quiebra?

Pía Octavia: Sí, señor; por partida doble, y a eso venía. Me han dicho que al sinvergüenza de Hurtado le han echado el guante allá en Ultramar, que la Justicia ha logrado recuperar algo de los valores pignorados, y que van a reintegrar un 10% a los acreedores.

Marmol: Algo hay de eso.

Pía Octavia: Y venía a informarme del suegro, sobre lo que haya de verdad.

Marmol: Los señores de Tramontana, Pía Octavía, están en Pilares. Aquí solamente vive ahora Fina, la menor de las hijas, acompañada de su Tita Anastasia.

Pía Octavia: ¡Fina! ¿La que iba a casarse con Alberto?

Marmol: Justamente. Parece que está algo malucha.

Pía Octavia: Pobre muchacha. Y de él, ¿qué se sabe?

Marmol: Se hizo escritor.

Pía Octavia: Talento sí tenía, pero un hombre incomprensible.

Marmol: Pss…

Pía Octavia: ¿Vive en Madrid?

Marmol: Ahora está en Lugano.

Pía Octavia: Oh, Lugano, Lugano… Allí estuve con Ciorretti… ¿Y?…

Marmol: ¿Y qué?

Pía Octavia: ¿Se ha casado?

Marmol: ¡Quiá!

Pía Octavia: Con Fina ya sé que no; pero hablaron de una americana…

Marmol: Es soltero…

Pía Octavia: Entonces, Fina puede todavía tener esperanzas.

Marmol: ¿Le gustaría verlo casado?

Pía Octavia: Quisiera verlo dichoso.

Marmol: Él solo puede ser dichoso a su manera, que es una manera de no serlo nunca.

Pía Octavia: Pero él parecía querer a Fina.

Marmol: Y la quiere a su manera…

Pía Octavia: ¡Ay, los hombres!

Marmol: ¡Pobre Fina! Una juventud frustrada, ¿por qué?

Pía Octavia: Mientras hay vida, hay esperanza.

Marmol: Para esta pobre niña, no, Fina es de las mujeres que aman una sola vez y para siempre.

Pía Octavia: Pero Alberto…

Marmol: Pía Octavia, solicito su opinión, que en este asunto acaso, una mujer de su experiencia, logre ver más claro que yo…

Pía Octavia: ¿Mi opinión?…

Marmol: A mi regreso de Londres me entregan esta carta de Alberto. Es de tres meses fecha, en Lugano. *(Lee)* Señor Don Alfonso del Marmol. Cenciella. ¡Querido Marmolillo!

Pía Octavia: ¡Ay! *(Grito estridente)* Marmolillo… Tiene gracia.

Marmol: Es el diminutivo cariñoso con que me tratan los amigos.

Pía Octavia: Ya, ya… Pero tiene gracia.

Marmol: *(Lee)* A través del laborioso proceso sentimental, he llegado a lo que juzgo como última y acendrada concentración del egoísmo, al desasimiento de las pasiones y mutilación de todo deseo desordenado; al soberano bien, al equilibrio, a la unidad. Equiparando el placer de vivir a la certidumbre de conocer, he llegado a proyectar una simpatía universal sobre todo lo creado, a amar a todo por igual. En este punto, la mujer no puede ofrecerme otra cosa que el placer sensual de la degustación, como el manjar que en las fondas pasa de un huésped al otro. No pudiendo consagrar mi vida a una mujer, he escrito a Fina, rompiendo con ella. Como ella no ha respondido nada, pienso que se habrá doblegado con resignación a la fatalidad de los hechos. Espero que no me juzgue usted muy severamente… A pesar de esto, ¿cree usted que volverá?

Pía Octavia: No volverá. No es que me ufane de haber entendido todo lo que dice; una cosa si he entendido bien, y es eso de las fondas y los huéspedes. Cuando, en achaques del amor, un hombre se decide a comer a la carta, no hay nada que esperar de él, porque fondas y restoranes los hay en todas partes y… con menú muy variado.

Marmol: Acaso tenga usted razón.

Pía Octavia: Y con todo eso nos hemos hecho amiguísimos.

Marmol: ¿Quién lo duda?

Pía Octavia: Pues nada, amigo Marmol. Ya sabe mi casa.

Marmol: Señora…

Pía Octavia:. Y puesto que somos amiguísimos, y usted lo es de esa familia, espero que me tenga al corriente sobre el reintegro del 10 %, porque, ya le digo: Niente, niente, niente.

Marmol: Con mil amores. He tenido un gran placer.

Pía Octavia: Mire que haberlo confundido con el suegro de Hurtado… Vamos, que no me lo perdono… Porque usted —no es galantería— usted… todavía tiene un buen ver…

Marmol: Señora…

Pía Octavia: Por aquí se sale también al camino. *(Por el portón de rojos barrotes)*

Marmol: ¡Sí, sí! Atravesando la huerta.

Pía Octavia: Hermosa, hermosa… ¿aquellas plantas son rábanos?

Marmol: No sé…

Pía Octavia: Sí, sí… los conozco bien… El día que conocí a Alberto, él estaba en su huerta, yo en la mía… y ¡ay! sin saber por qué, automáticamente, di un saltito del terradillo y fui a caer junto al ingratísimo.

Marmol: ¿Automáticamente?

Pía Octavia: Estábamos discutiendo sobre si unas matitas como aquellas eran o no rabanitos. Yo que sí, el que no, y como el muy torpe no se daba trazas para tirar de la matita, sin poderme contener di un brinquito y... al anochecer, todavía Alberto y yo estábamos extrayendo rabanitos de la tierra... ¡Ay que tiempos! Adiós, Marmolillo. *(Mutis portón izquierda. En el altozano, por la derecha, aparece una neña, de extraordinaria belleza campesina —una neña de teatro— que habla en asturiano cerrado y con gran presteza. Marmol, buen catador, la contempla con exquisito cuidado, más atento a sus pesquisas que al discurso de la muchacha; apenas para atención en lo que ella dice)*

Neña: Buenas tardes nos dé Dios.

Marmol: Hola, neña. ¡Caramba! Je, je, je... Esta ya es otra cosa.

Neña: ¿Puedo pasar?

Marmol: Ya lo creo, hija mía... ¡Pues no! Je, je, je...

Neña: Vengo de parte de mi güela, a que me den un poco de *cucho* del establo para los claveles, porque dice que con el *cucho* de aquí agarran mejor.

Marmol: *(Totalmente poseído de un afán inconfesable, tras de cerciorarse de que nadie vigila desde la casona y altozano, va acercándose a la neña, tomando posiciones para explorar al enemigo)* Sí, ¿eh? Je, je, je...

Neña: Y que si ella no viene es porque mi hermanín está con las anxiguas fediondas.

Marmol: Mira neña, guapiña...

Neña: No diga, señor...

Marmol: ¡Y tanto que sí! Ejem... *(Transición)* Hablas de un modo, hijita mía, que, vamos, aunque soy del terruño, casi, casi no entiendo lo que dices, porque… Ejem… *(Transición)* En resumen ¿qué quieres?

Neña: Un poco del *cucho* del establo.

Marmol: *(Ahora atento a las prohiberancias pectorales de la muchacha, que se inician ubérrimas, pregunta mecánicamente)* ¿De qué?

Neña: Del *cucho*.

Marmol: *(Ahora la zona inspeccionada de la neña es la parte prepostera, y pregunta como antes)* ¿Del *cucho*?

Neña: Del *cucho*.

Marmol: Ah, vamos del estiércol del establo…

Neña: Sí, señor; para los claveles. Y que si no viene mi madre es porque mi hermanín está con las anxiguas fediondas.

Marmol: *(Ahora es el cogote magnífico, para lo cual, con delicadeza, levanta el pico del pañuelo que el cae sobre la espalda)* ¿Con qué?

Neña: Con las anxiguas.

Marmol: ¿Con las viruelas?

Neña: Sí, señor. *(Acariciándola)*

Marmol: Y tan guapiña que eres, ¿no tienes tu miedo a que se te peguen las anxiguas?

Neña: Miedo sí que tengo, señor.

Marmol: Sería una verdadera lástima.

Neña: ¿Ye usté médico?

Marmol: ¿Por qué lo dices?

Neña: Porque el médico que ve a mi hermanín también me dice lo mismo.

Marmol: *(Acariciándola)* ¿También?

Neña: Sí, señor.

Marmol: *(Acariciándola)* Como que sería una verdadera lástima.

Neña: Lo primero que hizo fue revacunarme.

Marmol: Bien hecho.

Neña: Y aluego, tos los díes, me va ispecionando con mucho detenimiento el cuello y la cara, y los brazos, mismamente que usté ahora…

Marmol: Sí, ¿eh?

Neña: Sí, señor.

Marmol: Y ese médico, ¿qué es joven o viejo?

Neña: ¡Quite allá, señor! ¡que ha de ser viejo! Mozo y buen mozo que es. Recién venido acá. Dicen que ye muy listo…

Marmol: Bastante.

Tita Anastasia: *(De la casona)* ¡Don Alfonso! ¡Dichosos los ojos!

Marmol: Hola, Tita Anastasia.

Tita Anastasia: ¿Desde cuándo por acá?

Marmol: Regresé esta matinada. ¿Y Fina?

Tita Anastasia: Aquí está conmigo. Pasa… Y tú, ¿qué quieres, nena?

Neña: Vengo de parte de mi güela a que me dé un poco de *cucho* pa los claveles.

Tita Anastasia: Bueno, mujer. ¿Y Xuanín?

Neña: Va para mejor de las anxiguas.

Tita Anastasia: Me alegro, neña; y da recuerdos.

Neña: De su parte. Queden con Dios.

Tita Anastasia: Él te oiga.

Marmol: Y cuidado con el mediquín, no se pase de listo.

Neña: Quite allá, señor. ¡Cosas dice! *(Tita Anastasia no oye esto. Mutis neña por el portón de barrotes rojos)*

Marmol: ¿Es de por acá esta neña?

Tita Anastasia: Ella, sí. Camino de Villaclara tiene su madre un chigre. ¡Gente pobre! Su abuela es

91

campesina del interior, de mi misma aldea. La madre de esta neña era talmente como ella es ahora, cuando ya era yo una mujer hecha y derecha, y entodavía vivía ella en la aldea. Por aquel tiempo fue el volver mi sobrino Medardo de las Habanas. Allá se dejó el hígado, pero volvió con pesos fuertes, y menos mal. Como se estableció en Pilares, allá fuimos todos, y por aquel entonces hube de aprender el habla de la ciudad. Yo no me acomodaba a este vivir del señorío, pero casóse mi sobrino, fueron viniendo las neñas; primero Leonor, luego Fina —¡neña de mi alma!— y la Anastasia dejó de ser ella; abandonó por siempre las ideas del casorio, esa esperanza que tiene toda mujer mientras no le salen canas, aunque no haya hombre que le diga: por ahí te pudras; y dejé de serlo todo para convertirme en tita Anastasia. Usted mismo, don Alfonso, me llama tita Anastasia... y la verdad es que no está usted ya en edad para ser sobrinín mío.

Marmol: ¿Y van tres?

Tita Anastasia: ¿Cómo?

Marmol: Que es la tercera vez que hoy me llaman viejo.

Tita Anastasia: ¿Enfadóse?

Marmol: Con usted nunca, tita Anastasia. ¡Sí señor, la tita Anastasia!

Tita Anastasia: Sí, señor; sí *(Ríen cordialmente)* Ha encontrado bien guapos a sus neños, ¿verdad?

Marmol: Bien guapos, tita Anastasia.

Tita Anastasia: Voy a pedirle un favor, don Alfonso.

Marmol: Usted manda.

Tita Anastasia: Que no vengan los neños a jugar con Fina.

Marmol: ¿Y eso?

Tita Anastasia: No es por nada. Es acaso lo único que alegra a la palombina mía, y sin embargo...

Marmol: ¿Qué?

Tita Anastasia: Ellos, con sus risas, a veces logran que ella ría también... pero corretean y, la santina de Dios, se fatiga mucho, mucho... tanto, que a veces me asusto.

Marmol: No vendrán.

Tita Anastasia: Y lo siento... Ellos la distraen... figúrese, aquí ahora solas las dos; los esfuerzos que he de hacer para sonreírle, para que no vea en mis ojos el dolor que me causa verla mustiarse mismamente como una flor...

Marmol: Tal vez en Pilares...

Tita Anastasia: Allá es peor para ellos, don Alfonso. Todos son buenos, y la quieren mucho... mucho... *(Sonríe con sarcasmo)* Pero le temen, le temen y le huyen. ¡Pobre neña mía! *(Llora. Marmol que, con los trabajos de fumar, sacó del bolsillo la carta de Alberto que leyó a Pía Octavia, oprime con furia el papel, sin ser visto por tita Anastasia. Pausa)* Yo, don Alfonso, no sé bien, porque no supe del amor, cómo será el amor de la madre a los hijos. Dicen que con dolor de las entrañas. El mío es más hondo: ¡yo quiero a Fina con dolor del alma! ¡Pobre hija mía! Ya soy vieja, muy vieja. No he sabido del amor, y a veces he sentido tristeza de haber envejecido como árbol seco sin frutos, pero al ver a mi santina, palombina mía, santa, hermosa... santa y hermosa y tan desgraciada, alégrome de mi vida sin amor y sin fruto. ¿Para esto? *(Llega por el altozano el viejo médico de la aldea, don Arcadio Ontañón, con su capote color mostaza, que no se quita ni en invierno ni en verano, y su sombrilla verde lorito, que usa también para la lluvia. Trae un ramo de claveles)*

Arcadio: Felices. Caramba, don Alfonso, ¿usted por aquí? ¿Cómo va?

Marmol: Admirable. No preciso sus cuidados.

Arcadio: Eso va usted ganando.

Marmol: Y, además, buscaría otro médico, No me fío de usted.

Arcadio: ¿Porque hablo siempre en chanza?

Tita Anastasia: Naturalmente, ¿cuándo va usted a hablar en serio?

Arcadio: Nunca. Es mi sistema. Vamos a ver; ¿qué ocurre?

Tita Anastasia: Anoche la neña pusóseme muy mala, mucho. Asustóme, don Arcadio.

Arcadio: Bah, bah, bah... siempre el mismo tole tole. Hágala venir con cualquier pretexto. Si no digo nada, que repita la receta.

Tita Anastasia: Neña mía...

Arcadio: Vamos, que es tarde y me aguardan las mozas para bailar.

Tita Anastasia: ¡Ay! *(Mutis casona)*

Arcadio: La chanza es mi sistema; primero, porque lo moral llega a corregir lo físico; y segundo, porque se debe dorar la píldora más difícil de engullir en eso de que hay que estirar la pata.

Marmol: ¡Hombre! ¿La pata?

94

Arcadio: ¡Bah! En mis largos años de práctica, he descubierto que, así como el mundo de los sentidos se reduce a tres dimensiones, el universo de la patología se reduce a tres enfermedades; dos de la mujer y una del hombre. Las dos enfermedades de la mujer son la soltería y la viudez. La enfermedad del hombre es... la mujer; es decir, el matrimonio. El matrimonio es la salud de la mujer, que hasta en eso nos ha de llevar la contraria. El celibato es la salud del hombre.

Marmol: Protesto, protesto.

Arcadio: Sí, ¿verdad? En mi tiene usted la prueba; setenta años, y fuerte como un roble.

Marmol: Una pregunta, en serio; por única vez.

Arcadio: Si es por única vez...

Marmol: ¿Fina?

Arcadio: *Exitus fatalis.*

Marmol: ¿Inminente?

Arcadio: No lo puedo predecir con seguridad. Imagínese usted una capa de sutilísimo cristal, toda quebrada, que milagrosamente se sostiene en pie. Una emoción, un hálito, el más imperceptible, la desmorona en añicos. Eso es el corazón de Fina. ¿Cuánto tiempo podrá permanecer en este estado? *(Se encoge de hombros)*

Marmol: ¿La ciencia no puede?

Arcadio: ¿La ciencia? *(Con enfásis cómico)* ¡Hipócrates! ¡Galeno! ¡Avicena! Aquellos eran médicos, amigo mío. Con el cristianismo se perdió la ciencia médica. Al cristianismo, enemigo del desnudo, y por lo tanto de la anatomía, no le interesa más que graduar u ordenar médicos del alma, confesores. El buen médico debe ser gentil o hereje. El progreso de la medicina está en razón inversa del progreso del cristianismo; cuando no se debiliten las ciencias, va para largo, prosperará la patología y sobre todo la higiene. ¿Sabe usted por qué soy yo un médico tan chapucero? Pues porque soy católico, apostólico y romano, gracias a Dios.

Tita Anastasia: *(De la casona, con Fina, que viste de blanco, como Ofelia)* Mira quiénes están aquí.

Fina: ¡Don Alfonso!

Marmol: Amiguita…

Fina: ¿Cuándo ha regresado?

Marmol: Esta matinada.

Arcadio: Y a mí nada, ¿eh?

Fina: No… a usted no… *(Tendiéndole la mano cariñosamente, que besa don Alberto)*

Arcadio: Pues sepa usted, amiguita, que no vengo como médico, sino como galán; sírvase usted aceptar, señorita Fina, este manojo de claveles que yo mismo he escogido de los de mi jardín.

Fina: ¡Don Arcadio! *(Toma las flores, alborozada)*

Arcadio: *(Festivo siempre)*

> ¡Oh, arrobado momento!
> Herido de revelación,
> derretido en congojas siento
> el corazón.

(Todos ríen. A Fina, la risa le produce tos)
Mil veces la requerí de amores y al fin se decide a aceptarme. ¡Hossana! ¡Hossana!

Fina: *(Cariñosamente)* ¡Qué bobo!

Arcadio: Y qué tal, eh, ¿qué tal?

Fina: Me encuentro bien, muy bien, muy bien. Siento un bienestar que casi me ahoga.

Arcadio: Ese bienestar lo produce mi presencia. Es lo que sienten las amantes fieles al recibir al amado. Y yo, como amador, no me conformo con menos que con escuchar con mi propio oído los latidos de su corazón. *(La ausculta con delicadeza)* Estoy complacido, sumamente complacido *(Cruza con Marmol una mirada de inteligencia en la que dice todo lo contrario)* Este corazón no late sino por mí. Y si vuelve cierto aturdido galán, —que volverá, que volverá; lo fácil es que vuelva y pronto— nos veremos las caras; sí, señor...

Fina: No volverá.

Arcadio: Bah, bah, bah... siempre el mismo tole, tole... A reír, neña, a reír. Vendré mañana *(Para que lo sepa tita Anastasia)* para que fijemos el día de nuestra boda.

Tita Anastasia: Le esperamos entonces, ¿eh? *(Con ansiedad)*

Arcadio: Vendré, vendré.

Marmol: Le acompaño, Fina...

Fina: Mis saludos a sus chicos, don Alfonso.

Marmol: De su parte.

Fina: Y que se le vea por acá.

Marmol: Mañana mismo, tita Anastasia...

Tita Anastasia: Bien venido, don Alfonso.

Arcadio: Tita Anastasia y yo somos hojas de la misma primavera, y el viento que a ella le arrebate, de seguro zumba en mis oídos. Je, je, je... Hasta mañana, ¿eh?

Fina: Adiós, adiós…

Tita Anastasia: Hasta mañana. *(Mutis los dos por el portón de rojos barrotes. Pausa. Fina llega hasta el portón y corresponde con la mano al saludo que, desde el huerto, le hacen Marmol y Arcadio. Tita Anastasia esconde el rostro, y a hurtadillas disipa unas lágrimas que delatan su emoción. Toma asiento en el centro de la escena. Fina llega junto a Tita Anastasia y se sienta a sus pies)*

Fina: Este diaño de don Arcadio logra hermosos claveles. Mira éste, tita Anastasia… Pues y éste… y éste… *(Fina canta la canción de Ofelia, y, como Ofelia, se adorna con flores los cabellos, el pecho… Primero los claveles de don Arcadio… luego otras flores de su rincón predilecto. Tita Anastasia hace labor. Canta con voz suave, tenue, casi infantil)*

> ¿Cómo el amante
> que fiel te sirva,
> de otro cualquiera
> distinguirás?
> Por las veneras
> de su esclavina,
> bordón, sombrero
> con plumas rizas,
> y su calzado
> que adornan cintas.

Tita Anastasia: ¿A qué viene esa canción, neñina?

Fina: Pss… ¡qué sé yo, tita Anastasia!

Tita Anastasia: ¿Estás alegre, neñita?

Fina: No sé, tita Anastasia. Aquí en el pecho, una comezón. *(Va por flores al rincón y se arrodilla en el* *césped)* Las margaritas y las rosas parecen entristecidas, tita Anastasia... En cambio, los claveles...

(Repite el tema. Canta)

> ¿Cómo el amante
> que fiel te sirva,
> de otro cualquiera
> distinguirás?

(Se interrumpe, y desde allí mismo habla) ¿Por qué no vamos de paseo hasta Monte Cerrado? No sé. Siento una impaciencia. Deseos de pasear, de moverme. No sé.

Tita Anastasia: Ya sabes que papá dijo que vendría hoy por aquí. Luego vamos con él. Y tan guapa que estás, hoy vestida de blanco.

Fina: *(Con sobresalto, llega junto a tita Anastasia y le besa las manos)* Pero a Pilares no marchamos, tita Anastasia, a Pilares, no.

Tita Anastasia: Claro que no, palombina.

Fina: Solas aquí tú y yo. ¿Verdad, tita Anastasia?

Tita Anastasia: Si yo alégrome de que estemos solas. *(Le besa largamente)* ¿Ves qué tarde bendita, neña mía? Yo prefiero la aldea a la ciudad, neñita. Mira, por este tiempo, y en la luna creciente, se siembra el cáñamo y el lino, regadío; siémbranse también las legumbres. *(Fina no escucha)* Injértanse perales y pomares, y trasplántanse los naranjos y los álamos. Con el menguante es bueno cortar blemales y cañas para los cestos, enrodrigónanse las parras, pódanse los árboles tardíos y catasen las colmenas. Si en este mes se oyen los primeros truenos, señala muertes de hombres ricos y poderosos, enfermedades de cabeza y dolores de orejas. Por todo este mes es peligroso el mal de los pies. *(Ve que Fina no escucha. Cállase, y sigue haciendo labor. Fina levántase y, lenta, transfigurada, va a su rincón predilecto, y déjase caer sobre el césped. Tita Anastasia observa por encima de las gafas)*

Fina: *(Con creciente emoción hasta doblarse en llanto acerbo)*

Las abejitas de la Virgen,
las abejitas de Dios;
haced de la flor que yo quiero
la miel para mi corazón.
Abejitas que hacéis la cera,
abejitas que hacéis la miel;
no es el narciso, ni es la azucena,
ni es la rosa, ni es el clavel,
ni es la flor del agua
de espuma y cristal,
ni la madreselva
que cubre el tapial...

(Llora largamente)

Tita Anastasia: ¡Fina! ¡Fina! ¡neña!... *(Se arrodilla junto a Fina, la toma en sus brazos... El llanto de Fina se va apagando suave, lentamente)* Palombina mía... santina... *(Se extinguió al fin el aliento de Fina)* ¿Eh? ¡Fina! ¡Fina! ¡neña!... ¡neña!... *(Rompe en sollozos deseperados. Fina, tendida sobre el césped. Tita Anastasia llora sobre el cuerpo de Fina. Pausa breve. En el altozano aparece Alberto. Viste de negro, como Hamlet. El cabello revuelto, desnudada la* *corbata, el cuello blanco de la camisa en desorden. Entre sus manos un fieltro negro, que oprime nervioso. Contempla el paisaje. Luego desciende por la escalerilla de la izquierda, sin ver el grupo de Fina y tita Anastasia, y llega a colocarse junto al portón de rojos barrotes. Habla involuntariamente. En realidad es un pensamiento).*

Alberto: He aquí la casa, y el sendero que desciende de la colina, y la pasadera de piedras sobre el arroyo, y los altos álamos emboscando la vivienda… *(Ahora desciende)* y el portón de rojos barrotes, y el muro bajo y viejo… ¡Aún hay sol en las bardas! *(La exclamación final de Alberto arranca de su dolor mudo a tita Anastasia, que se revuelve airada con un gruñido de fiera)*

Tita Anastasia: ¿Eh? ¿Quién?… *(Se incorpora. Avanza hasta el centro de la escena, y queda mirando a Alberto hasta cerciorarse de quién es. Su rostro, marcando su reacción interna)*

Alberto: Tita Anastasia.

Tita Anastasia: ¿Eu? ¡¡Eu!!

Alberto: Tita Anastasia.

Tita Anastasia: *(Con los dedos crispados, erguida, transfigurada, terrible y sublime a la vez)* ¡Que el mexo del sapo te emponzoñe la lengua; esa lengua de falsedad! Que las auxiguas fediondas te coman la cara; esa cara traidora en el afalagar, que las llocas aviésporas te saquen los ojos; esos ojos de criminal. Que en el cucho de tu corazón maldito haga su nido el alacrán. ¡Que en por los siglos de los siglos te queme el alma Satanás!

Alberto: *(Débilmente)* ¿Fina?

Tita Anastasia: Pregúntaslo y tú la mataste. ¡¡Arreniego!!
(Avanza hacia Alberto con los dedos crispados. Alberto retrocede, mientras cae el

TELÓN

Esta versión teatral de la novela de Ramón Pérez de Ayala
fue adquirida por la Biblioteca de Asturias en 1991-1992,
formando parte de la Biblioteca y papeles de Ramón Pérez de Ayala.
La mención a Manuel Martín Galeano está tachada manualmente.
Aproximación al período de producción (ca. 1930) basada en cuanto
al año inicial a la fecha de publicación de la 1.ª ed. de la novela.

www.ingramcontent.com/pod-product-compliance
Lightning Source LLC
Chambersburg PA
CBHW070507130626
46555CB00003B/1186